미를 추구하는
예술가

The Artist of

1

너새니얼 호손
천승걸 옮김

미를 추구하는 예술가

The Artist of the Beautiful

너새니얼 호손

차례

야망이 큰 손님

9월의 어느 날 밤, 한 가족이 난롯가에 둘러앉아 계곡에서 떠내려온 나무들, 마른 솔방울들 그리고 절벽 아래로 무너져 내린 큰 나무들의 쪼개진 가지들을 난로에 잔뜩 얹고 불을 피우고 있었다. 굴뚝 위로는 불길이 윙윙 타오르면서 방 안을 넉넉히 밝혀 주고 있었다. 아버지와 어머니의 얼굴에는 차분한 즐거움이 담겨 있고, 아이들은 즐겁게 웃고 있었다. 열일곱 살 난 큰딸의 얼굴이 행복 그 자체의 이미지라면, 가장 따뜻한 곳에 자리 잡고 앉아 뜨개질을 하는 늙은 할머니의 모습은 바로 나이를 먹은 행복의 이미지였다. 그들은 뉴잉글랜드의 가장 황량한 곳에서 마음의 평화를 누리고 있었다. 그들의 집은 화이트힐스 골짜기에 자리 잡고 있었는데 그곳은 일 년 내내, 특히 겨울철에는 무자비할 정도로 매섭게 바람이 불었다. 심지어 그 바람은 사코 계곡 쪽으로 치닫기 전에 그들의 집을 다시 한 번 혹독하게 휩쓸어 가곤 했다. 그들이 사는 곳은 춥기도 했지만 또 위험하기도 했다. 왜냐하면 집 바로 위로는 산이 아주 가파르게 치솟아 있어서 이따금 바위들이 집 옆으로 굴러

내려 한밤중에 그들을 놀래켜 깨우기도 했기 때문이었다.

딸애가 막 어떤 재미있는 농담을 해서 모두들 즐겁게 웃고 있는데, 때마침 골짜기를 휩쓸던 바람이 집 앞에 잠깐 멈춰서서 울음 같기도 하고 탄식 같기도 한 소리로 문을 흔들고는 계곡 아래로 빠져나갔다. 바람 소리는 여느 때와 달리 이상하지는 않았지만 그 소리는 한순간 그들을 우울하게 만들었다. 그러나 그들이 다시 즐거운 기분으로 되돌아왔을 때 그들은 누군가가 문의 빗장을 들어올리는 것을 보았다. 황량한 바람 소리 때문에 나그네의 발걸음 소리가 들리진 않았지만 그 바람은 그가 다가오는 것을 알리고 그가 집에 들어설 때 울음 같은 소리를 내며 탄식하듯 문에서 빠져나간 것이었다.

그들은 이처럼 고독한 환경에서 살았지만 매일 세상 사람들과 이야기를 나눌 수가 있었다. 화이트힐스 골짜기의 낭만적인 산길은 한쪽으로 메인 주, 다른 한쪽으로는 그린 산맥과 세인트로렌스 해안 사이를 이어 주며 내부 교역의 혈류를 끊임없이 활발히 유지시키는 대동맥 같은 통로였다. 그래서 그 집 앞에는 항상 승합 마차가 멈추어 섰고, 지팡이 외에는 아무 동행자도 없는 나그네는 산의 협곡을 통과하거나 계곡의 첫 집에 이르기 전에 고독감에 완전히 압도되지 않기 위해서라도 이곳에 잠시 머물며 이야기를 나누곤 했다. 그리고 마차꾼들은 포틀랜드 시장에 가는 길에 이 집에서 하루를 묵으며, 특히 총각이라면 보통 잠자리에 드는 시간보다 한 시간쯤 더 앉아 있다가 그곳 산골 처녀로부터 작별의 키스를 슬쩍 훔치기도 했다. 그러니까 이 집은 나그네가 식비와 숙박비만 지불하면 값으로 따질 수 없는 가정적인 따뜻한 친절까지 제공받을 수 있는 아주 옛날식 주막이었다. 그래서 바깥문과 안쪽 문 사이에서 발걸음 소리가 들렸을 때 할머니와 아이들까지 온 가족이 마치 그들의 친척이나 자기들과 운명을 함께할 사람을 맞으려는 듯이 자리에서 일어섰다.

문을 열고 들어선 나그네는 한 젊은이였다. 처음 그의 얼굴은 해질녘에 혼자서 거칠고 황량한 길을 걸어온 사람의 우울하고 의기소침한 표정을 담고 있었으나 따뜻하게 맞아 주는 그들의 환대에 금방 환하게 밝아졌다. 그는 앞치마로 의자를 닦는 할머니부터 그에게 팔을 내뻗는 어린아이에 이르기까지 그들 모두의 환대에 응답하려는 듯이 자신의 가슴이 뛰쳐나오려는 것을 느꼈다. 한번의 눈길과 미소를 주고받음으로써 그 나그네는 주막의 큰딸과 곧 순수하게 친한 사이가 될 수 있었다.

"야, 이 불 정말 근사하네요, 더구나 주위에 이처럼 즐겁게들 둘러앉아 있으니 말이죠!"

젊은이가 큰 소리로 말했다.

"이 골짜기가 거대한 한 쌍의 풀무통 같아서 정말이지 완전히 마비가 됐거든요. 발레트에서부터 줄곧 매서운 바람을 얼굴에다 정면으로 받으면서 왔죠."

"그렇다면 버몬트 쪽으로 가시는 거요?"

젊은이가 어깨에서 가벼운 등가방을 내리는 것을 거들어 주며 이 집의 주인이 말했다.

"네, 벌링턴으로 해서 훨씬 더 멀리 갑니다."

젊은이가 대답했다.

"사실 오늘 밤 이선 크로포드까진 가려고 했지만 걸어가다 보면 이런 험한 길에서는 좀 지체되기도 하죠. 하지만 전혀 문제될 게 없습니다. 이 훈훈한 불과 여러분들의 즐거운 얼굴을 보니까 마치 여러분들이 저를 위해서 일부러 불을 피우고 제가 도착하기를 기다리신 것처럼 느껴지는군요. 그러니 오늘 밤은 저도 여러분 틈에 이렇게 앉아서 마치 집에 온 것처럼 마음 편히 지내고 싶습니다."

그렇게 말하면서 그 구김살 없는 젊은이가 불 가까이로 의자를 끌어당기는 순간, 무거운 발걸음 같은 소리가 밖에서 들리더니 가파른 산자락을 따라서 길고 빠른 걸음걸이로 우르르 내달리다가 집을 훌쩍 건너뛰어 반대편 절벽에 부딪히는 듯했다. 가족들은 그 소리가 무슨 소린지 알기 때문에 숨을 죽였고 손님 또한 본능적으로 숨을 죽였다.

"저 산이 우리가 자신의 존재를 잊어버릴까 봐 우리한테 돌을 던지는 거라오."

주인이 기분을 되찾으며 말했다.

"때때로 머리를 끄덕거리면서 내려오겠다고 위협하기도 하지요. 그래도 우린 이제 아주 오랜 이웃이 되어서 대체로 서로 잘 지내는 편이죠. 게다가 군이 꼭 내려오겠다고 할 경우에 대비해서 가까운 곳에 안전한 대피소를 마련해 놓고 있으니 걱정할 것 없어요."

이제 곰고기로 저녁 식사를 마친 그 나그네는 본래의 쾌활한 태도로 가족 모두와 아주 친한 사이가 되어서 마치 자신도 산골 사람인 것처럼 허물없이 이야기하는 모습을 상상해 보자. 그는 자부심이 강하면서도 부드러운 마음을 가진 젊은이여서, 부자나 권세 있는 사람들 앞에서는 거만하고 밀도 잘 안 할 것처럼 보이지만 낮은 오두막집 문 앞에서는 기꺼이 머리를 숙이고, 가난한 사람들의 난롯가에서는 형제나 자식처럼 친하게 어울려 이야기할 사람이었다. 그는 이 화이트힐스 골짜기의 가정에서 따뜻하고 소박한 감정과 뉴잉글랜드 사람들 특유의 지성 그리고 기암괴석의 산봉우리들과 협곡에서, 그리고 위험하면서도 낭만적인 바로 그들의 집 문지방에서 그들이 거의 무의식적으로 거두어 모은, 그 토양에서 자라난 한 편의 시를 느낄 수 있었다. 그는 지금까지 멀리 혼자서 여행을 해 왔다. 그의 모든 삶은 사실 혼자만의 고독한 여정인 셈이었다. 왜냐하면 고아하고 신중한 성격 때문에, 그는 그렇지 않았다면 친구가 될 수 있었을 사람들로부터 자신을 고립시켜 왔기 때문이었다. 이 가족들 역시 그처럼 친절하긴 하지만, 모든 가정의 울타리 안에 낯선 사람으로서는 침입할 수 없는 성스러운 장소를 유지해야 할 그들만의 어떤 일체감과 세상 사람들로부터의 고립 의식을 가지고 있었다. 그러나 이날 밤 어떤 예언적인 동류감이 그 세련되고 지적인 젊은이로 하여금 소박한 산골 사람들 앞에서 그의 마음을 다 털어놓도록 했고 또한 오두막집 사람들에게도 동일한 종류의 허심탄회한 믿음으로 젊은이의 이야기에 응하도록 만들었다. 그리고 그것은 그래야만 했을 터다. 같은 운명을 공유한 사람들 사이의 유대가 단순한 혈육의 그것보다 더 강한 것이 아니겠는가?

그 젊은이가 지닌 성격의 비밀은 높고 추상적인 야망에 있었다. 그는 남의 눈에 띄지 않는 삶을 살아가는 것은 참을 수 있었지만 무덤 속에서 잊히고 말 삶은 참을 수가 없었다. 간절한 욕구는 희망으로 변하고, 오래 간직해 온 그 희망은 하나의 확신 ── 즉 그가 지금 이처럼 눈에 띄지 않게 여행을 하고 있지만 그의 모든 여로에, 비록 그가 걷는 동안에는 아닐지라도 결국 영광의 빛이 환히 비치리라는 확신 ── 으로 바뀐 것이었다. 즉 후세 사람들이 과거의 어둠을 뒤돌아보게 될 때,

그들은 하찮은 영광들이 사라져 갈 때 더욱 빛나는 자신의 밝은 발자취를 추적해서 결국 한 재능 있는 인간이 아무도 그를 알아봐 주는 일 없이 요람에서 무덤에 이르는 자신의 여로를 마치고 떠나갔음을 밝혀 주게 될 것이라고.

"하지만."

젊은이는 외치듯 말했다. 그의 뺨은 달아오르고 눈은 열정으로 빛나고 있었다.

"하지만 전 아직 아무것도 한 일이 없습니다. 만일 내일 제가 이 세상에서 사라진다면 여러분만큼 저에 대해서 아는 사람도 없을 겁니다. 한 이름 모를 청년이 해질녘에 사코 계곡에서 나타나서 저녁때 여러분에게 그의 마음을 다 열어 보이고 다음 날 해 뜰 무렵에 화이트 힐즈 골짜기를 지나 사라져 갔다는 정도죠. '그 젊은이는 누구였지? 그 방랑자가 어디로 갔지?' 그런 말을 묻는 사람은 아무도 없겠지요. 하지만 저는 제 운명을 이룰 때까지 죽을 수가 없습니다. 제 운명을 이룬 후엔 죽어도 좋습니다. 제 자신의 기념비를 세운 것이 될 테니까요."

그들 사이엔 추상적인 몽상에서 흘러나오는 듯한 감정의 자연스러운 흐름이 계속되고 있었다. 바로 그 흐름이 비록 그들 자신의 감정과는 아주 다르지만 그들로 하여금 이 젊은이의 감정을 이해할 수 있게 해 준 것이었다. 젊은이는 곧 쑥스러움을 느끼며 자신도 모르게 드러내 보인 열정 때문에 얼굴을 붉혔다.

"절 비웃으시겠죠."

그는 큰딸의 손을 잡고 자신도 웃으며 말했다.

"마치 오직 주위 시골 사람들의 시선을 끌기 위해서 워싱

턴 산의 정상에 올라 얼어죽기라도 하려는 것처럼 제 야망이라는 걸 말 같지도 않다고 생각하시겠죠. 하지만 사실 그런 것도 사람의 조상(彫像)을 세우기 위한 초석(礎石)으로는 그럴듯한 것이지요!"

"아무도 우리에 대해서 생각해 주지 않더라도, 여기 이렇게 난롯가에 앉아서 마음 편히 만족할 수 있다면 그게 더 좋은 거 아닌가요."

큰딸이 얼굴을 붉히면서 대답했다.

"저 젊은이가 하는 이야기엔 뭔가 자연스러운 데가 있어."

그녀의 아버지가 잠시 생각에 잠겼다가 말했다.

"만일 내 마음이 그런 방향으로 움직였다면 나도 아마 똑같은 느낌이었을 거야. 여보, 거 이상하지. 저 젊은이의 말을 들으면서 내 머리도 도저히 실현이 불가능한 것들을 생각하게 됐으니 말이오."

"실현 가능할 수도 있겠죠. 남자는 홀아비가 되었을 때 무엇을 할지 생각하지 않던가요?"

아내가 말했다.

"아니, 그런 뜻이 아니오!"

그는 친절하게, 그러나 꾸짖는 어조로 아내의 그런 생각을 일축하며 큰 소리로 말했다.

"에스터, 난 당신의 죽음을 생각할 때 내 죽음도 똑같이 생각하오. 하지만 나는 좋은 농장 하나를 갖고 싶었소. 바틀렛이나 베스레헴이나 리틀턴이나 아니면 화이트마운틴스 주변의 어느 마을에라도, 그 산이 우리 머리 위로 굴러떨어질 수 있는 곳만 아니면. 난 또 이웃 사람들과 사이좋게 지내면서 존경을 받고도 싶고 한두 임기쯤 주의원이 되고도 싶었지. 왜냐하면 솔직하고 정직한 사람이면 주의회에서도 입법관으로서 일을 잘 해낼 수 있을 테니까. 그리고 나서 내가 아주 늙고, 서로 오래 떨어져 있지 않도록 당신도 늙었을 때, 당신이 내 곁에서 우는 가운데 자리에 누워 행복하게 죽기를 바랐었소. 대리석이 됐든 석판이 됐든 묘비에 내 이름과 나이, 찬송가 한 구절, 그리고 내가 정직하게 살다가 믿음을 가지고 죽었다는 사실을 사람들에게 알릴 수 있는 그런 글귀만 새겨 넣게 되면 되는 것 아닌가, 그렇게 생각했었지."

"그것 보십시오!"

젊은이가 소리쳤다.

"석판이 됐건 대리석이 됐건 화강암 기둥이 됐건 사람들의 마음속의 영광스러운 기억이 됐건, 어떤 기념비 같은 것을 바라는 것이 인간의 본성이죠."

"오늘 밤은 좀 이상하네요."

아내가 눈물을 글썽이며 말했다.

"사람들의 마음이 이처럼 떠돌면 그건 무슨 징조라고들 그러잖아요. 저 애들 이야기하는 것 좀 들어 보세요."

그들은 아이들 있는 쪽으로 귀를 기울였다. 어린아이들은 이미 딴 방의 잠자리에 들었는데, 샛문이 열려 있어서 그들이 부지런히 뭐라고들 서로 이야기하는 소리가 들렸다. 그들은 모두 난롯가 분위기의 영향을 받은 듯 장차 어른이 되면 무엇을 할 것인가에 대해서, 어린애다운 계획이나 허황된 희망을 서로 앞다투어 이야기하고 있었다. 드디어 막내 아이가 형이나 누나에게 말하는 대신 엄마에게 큰 소리로 외쳤다.

"엄마, 내가 원하는 게 뭔지 말해 줄게. 난 엄마, 아빠, 할머니, 우리 모두 그리고 저 아저씨까지 지금 막 같이 길을 떠나서 폴룸 분지 개울에 가서 물을 마시고 오는 거야!"

　따뜻한 잠자리를 떠나 훈훈한 난롯가로부터 그들을 끌어
내서 벼랑 너머 골짜기 깊숙이 흘러들어 가는 폴룸 분지의 개
울까지 갔다 오겠다는 아이의 엉뚱한 생각에 모두들 웃지 않
을 수 없었다. 아이의 말이 끝나자마자 마차가 덜커덩거리며
오다가 문 앞에 잠깐 멈추는 소리가 들렸다. 마차 안에는 두세
사람이 타고 있는 듯했는데 그들은 서툰 곡조로 노래를 합창
하면서 마음을 달래고 있는 것 같았다. 합창 소리가 절벽 사이
에서 끊겼다 이어졌다 하면서 메아리쳐 가는 동안 그들은 여
행을 계속할 것인지 아니면 여기서 하룻밤을 묵고 갈 것인지
망설이고 있는 듯했다.

　"아버지, 사람들이 아버지 이름을 부르는데요."

　큰딸이 말했다.

　그러나 주인은 정말 자기 이름을 부르는 소리가 들렸는지
의심스럽기도 했고 사람들을 자기 집에 묵도록 권유함으로써
너무 잇속을 밝히는 것처럼 보이고 싶지도 않았기에 서두르
지 않고 천천히 문께로 다가갔다. 그러자 채찍을 휘두르는 소
리가 들리더니 그 사람들은 계속 노래를 부르고 웃고 떠들면
서 골짜기를 향해 내려갔다. 그러나 그들의 노래와 웃음소리
는 산속 깊숙한 곳에서 음울하게 메아리쳐 왔다.

　"거봐, 엄마!"

　아이가 다시 소리쳤다.

　"저 사람들이 폴룸까지 우릴 태워다 줄 수 있었을 텐데."

　밤나들이를 향한 아이의 집념에 그들은 다시 한 번 웃었
다. 그러나 딸의 마음 위로는 엷은 구름이 흘러가는 듯싶었다.
그녀는 무거운 표정으로 불속을 들여다보면서 거의 한숨처럼

길게 숨을 내쉬었다. 억제하려고 약간 노력을 했지만 자신도 모르는 사이에 그렇게 숨을 내쉬고 만 것이었다. 그래서 그녀는 놀란 나머지 얼굴이 붉히면서 그들이 자신의 가슴속을 들여다보기라도 한 것처럼 얼른 난로 주위를 돌아다보았다. 젊은이가 무슨 생각을 하고 있었느냐고 그녀에게 물었다.

"아무것도 아니에요. 그저 잠깐 외로움 같은 걸 느낀 거죠."

그녀는 미소를 내리깔며 대답했다.

"저에겐 말이죠, 사람들의 가슴속에 무슨 생각이 들어 있는지 느낄 줄 아는 재능이 있어요."

그는 반쯤 진지하게 말했다.

"아가씨의 비밀이 뭔지 알아맞혀 볼까요? 젊은 아가씨가 따뜻한 난롯가에서 떨고 어머니 곁에서 외로움을 호소한다면 그게 뭘 뜻하는지 전 알고 있으니까요. 그 느낌을 말로 표현해 볼까요?"

"말로 표현될 수 있는 거라면 그건 이미 소녀의 느낌이 아니겠지요."

산의 요정 같은 그 아가씨는 웃으면서, 그러나 그의 눈길을 피하면서 대답했다.

이 모든 말은 두 사람 사이에서만 오간 것이었다. 아마도 사랑의 싹이 그들의 가슴속에서 솟아오르고 있었을 것이다. 그 싹은 너무도 순수해서 이 세상에서는 온전히 자랄 수 없고 천국에서나 활짝 꽃필, 그런 사랑의 싹이었다. 여자들은 젊은이가 지닌 그런 부드러운 위엄을 우러러보기 마련이고, 자존심 강하고 사색적이면서도 친절한 마음을 가진 남자는 그녀가 지닌 그런 소박함에 사로잡히기 마련이니까. 그러나 두 사람이 부드럽게 이야기를 나누는 동안, 그리고 그가 행복한 슬품과 밝은 그늘과 소녀의 수줍은 열망을 지켜보는 동안 골짜기를 빠져나가는 바람 소리는 점점 더 깊고 음울해져 갔다. 그 소리는 상상력이 풍부한 젊은이의 말처럼, 옛날 인디언이 살던 시절에 이 산에 거처를 정하고 높은 산봉우리들과 깊은 협곡을 그들의 성역(聖域)으로 삼았다는, 광풍의 정령들이 부르는 합창의 선율 같았다. 길을 따라서는 마치 장례 행렬이 지나가듯 오열하는 바람 소리가 휩쓸고 지나갔다. 가족들은 그 음울함을 쫓아 버리려고 불 위에 소나무 가지들을 더 많이 얹었고 마른 솔잎들이 톡톡 소리를 내며 환히 불타오르자 그들은 다시 한 번 평화로움과 조촐한 행복감을 되찾을 수 있었다. 불빛이 주위를 감싸듯 떠돌며 그들 모두를 쓰다듬어 주는 것 같았다. 저쪽에서는 아이들이 잠자리에서 밖을 빠끔이 내다보고 있었고 이쪽에는 건장한 체격의 아버지, 차분하고 신중한 모습의 어머니, 이마가 넓고 교양 있는 젊은이, 꽃봉오리처럼 피어나는 소녀 그리고 가장 따뜻한 자리에서 여전히 뜨개질을 하는 착한 할머니가 불 가에 둘러앉아 있었다.

이제 할머니가 손가락을 부지런히 계속 움직이면서 잠시 얼굴을 들며 말했다.

"늙은 사람들도 젊은 사람들처럼 다 그들 나름의 생각이 있는 거란다. 너희들이 이런저런 걸 바라고 계획하고, 이런저런 걸 생각하고 상상하는 걸 보니 내 마음까지도 들뜨게 되는 것 같구나. 이제 한두 발짝만 더 가면 무덤에 이르게 될, 나 같은 늙은 여자가 바라는 게 뭐겠니? 애들아, 내가 너희들한테 이야기할 때까진 그 생각이 밤이나 낮이나 내 머리에서 떠나지 않을 게야."

"어머니, 그게 뭔데요?"

남편과 아내가 곧 물었다.

그러자 할머니는 그들을 난롯가로 더 가까이 다가오게 하는 알 수 없는 표정을 짓더니 사실은 여러 해 전에 자신의 수의를 준비해 놓았노라고, 좋은 아마천 수의에, 무명 주름 깃을 단 모자에, 결혼식 후 그녀가 입은 어떤 옷보다도 더 좋은 재료로 모든 걸 다 갖추어 놓았노라고 그들에게 일러 주었다. 그러나 이날 밤, 이상하게도 오랜 미신이 그녀의 머리에 자꾸 떠올랐다. 그것은 그녀가 젊었을 때 듣던 것인데 만일 시신의 어딘가가 흐트러지면, 예컨대 주름 깃이 똑바로 안 펴졌다거나 모자가 제대로 안 씌었기만 해도 시신이 흙 밑의 관 속에서 싸늘한 손을 뻗쳐 매무새를 제대로 갖추려 애쓴다는 것이었다. 그 생각만으로도 그녀는 신경이 곤두서는 것 같았다.

"그런 말씀은 하지 마세요, 할머니!"

딸애가 그렇게 말하며 몸을 떨었다.

"이제 너희들 중에 누구라도 말이다."

할머니는 이상할 정도로 진지한 태도로, 그러면서도 자신의 어리석은 행동에 야릇한 미소를 띠우며 말을 이었다.

"내가 수의를 다 차려입고 관 속에 누워 있을 때 내 얼굴 위로 거울을 들고 비춰 주기 바란다. 내 자신의 모습을 살펴보며 모든 게 다 잘됐는지 확인해 보고 싶을지 누가 아니?"

"늙은 사람이건 젊은 사람이건 우리는 모두 무덤과 기념비 같은 걸 늘 생각하지요."

젊은이가 혼잣말처럼 중얼거렸다.

"전 뱃사람들이 말이죠, 배가 가라앉기 시작하고 아무도 모르게, 흔적도 없이, 이름도 없는 광활한 무덤인 바다에 묻히게 될 때 무엇을 느낄지 늘 궁금했습니다."

잠시 모골을 송연하게 하는 할머니의 생각이 그 이야기를 듣는 사람들의 마음을 사로잡았기 때문에 어둠 속에서 광풍처럼 으르렁거리는 바람 소리가 점점 더 넓고 깊고 무시무시하게 퍼져 나가는 것을 그 불운한 사람들은 의식하지 못했다. 집과 집 안에 있는 모든 것들이 떨리고 흔들렸다. 마치 그 끔찍한 소리가 최후의 심판의 나팔 소리이기라도 한 것처럼 지반 자체가 흔들리는 것 같았다. 젊은 사람들, 나이 든 사람들 모두 경악의 눈길을 서로 주고받으며 한순간 아무 말도 못하고 꿈쩍할 수도 없이 공포에 질려 핼쑥하게 굳어 있었다. 다음 순간, 그들 모두의 입에서 같은 비명이 동시에 튀어나왔다.

　　"산사태다! 산사태다!"

　　그 짧은 한마디가 뭐라고 표현할 수 없는 그 재앙의 공포를 비록 묘사할 수 없다 해도 전달할 수는 있었을 것이다. 희생자들은 집에서 뛰쳐나와 그런 위기에 대처해서 일종의 방벽을 세워 놓은, 더 안전하다고 생각되는 대피소를 찾았다. 옳지! 그러나 그들은 안전한 곳을 버리고 파멸의 길로 곧장 뛰어들어 간 것이었다. 산허리가 온통 무너져 내리며 돌과 흙을 폭포처럼 쏟아부었다. 그러나 그 돌무더기 폭포는 집에 이르기 직전에 두 갈래로 갈라지면서 집의 창문 하나 건드리지 않은 채 집 주변을 온통 덮치며 길을 막아 버리고 그것이 휩쓸고 간 자리에 있던 모든 것들을 파묻어 버렸다. 그 무시무시한 산사태의 천둥소리가 그치고 그것이 산골짜기에서 골짜기로 메아리쳐 가기 오래전에 죽음의 고통은 이미 끝났고 희생자들은 이제 평온한 상태에 있었다. 그들의 시신은 영원히 발견되지 않았다.

　　다음 날 아침, 가느다란 연기가 집의 굴뚝에서 빠져나와 산허리께로 피어올라 가는 것이 보였다. 집 안의 난로에서는 아직도 불씨가 남아 연기를 내며 타올랐고 난롯가로는 의자가 빙 둘러 있어서 마치 집 안에 있던 사람들이 산사태의 참상을 살펴보려고 잠깐 나갔다가 자신들이 기적같이 화를 면한 것을 하느님께 감사드리며 곧 다시 돌아올 것처럼 보이는 것이었다. 가족 모두들 뭔가 기억할 만한 기념물들을 각각 남겨서 그 가족을 아는 사람들은 그것들을 보면서 각자를 위하여 눈물을 흘렸다. 그들의 이름을 들어 보지 못한 사람이 어디 있는가? 그 이야기는 멀리 그리고 넓게 퍼져 나가서 이제 이 산의 전설로 영원히 남게 될 것이다. 시인들도 그들의 운명을 노래해 오고 있다. 어떤 사람들은 그 끔찍한 날 밤, 한 나그네가 그 집에 묵었다가 가족들과 함께 재앙을 당했다고 추정할 만한 근거가 있다고 생각하기도 했다. 또 다른 사람들은 그런 추측을 뒷받침할 만한 충분한 정황이 없다고 말하기도 했다. 아슬프도다, 지상에서의 불멸을 꿈꾸던 고매한 정신의 젊은이여! 그의 이름과 존재는 영원히 알려지지 않았고, 그가 살아온 길, 그가 살아가는 방식, 그의 계획들은 영원히 알아낼 수 없는 수수께끼로, 그리고 그의 죽음, 그의 실존까지도 영원한 의문으로 남은 것이다. 그렇다면 죽음의 순간의 그 고통은 누구의 것이었을까?

웨이크필드

오래된 잡지에선가 신문에선가 한 남자가 ― 그 이름을 웨이크필드라고 부르자. ― 아내와 오랫동안 별거한 이야기가 실화로 실렸던 것을 본 기억이 난다. 그런 사실은 일반적으로 말하자면 아주 드문 것도 아니고, 주위 상황을 잘 알지 못한 상태에서 아주 못되고 말도 안 되는 짓이라고 비난할 일도 아닐 것이다. 하지만 이 경우는 결혼 생활에 대한 최악의 의무 태만은 결코 아닐지라도 아마도 가장 이상한 예가 될 수 있을 것이며, 더욱이 인간의 모든 기행의 목록에 오른 어느 기행 못지않게 괴팍한 예가 될 수 있을 것이다. 그 부부는 런던에서 살았다. 그런데 남편이 여행을 다녀온다는 핑계를 대고 자기 집 바로 옆길에 숙소를 정하고는 아내와 친구들에게 소식 한번 전하지 않은 채, 그리고 그렇게 자기 자신을 추방한 데에 대한 아무런 이유도 없이 이십 년이 넘는 긴 세월을 혼자 산 것이다. 그 기간 동안 그는 자기 집을 매일 보았고 고독한 웨이크필드 부인의 모습도 자주 보았다. 그가 확실히 죽은 것으로들 생각하고, 재산도 처분하고, 그의 이름이 사람들의 기억에서 잊히고, 아내가 쓸쓸한 과부의 운명을 받아들인 지 이미 오래된 그런 어느 날 저녁이었다. 행복한 결혼 생활에 그처럼 커다란 공백을 남긴 후 그는 마치 집을 비운 지 하루 만에 돌아온 것처럼 아무렇지도 않게 대문에 들어서서 죽을 때까지 다정한 남편으로 살아간 것이다.

이상이 내가 기억하는 그 이야기의 개요다. 그러나 그 사건은 아주 독특하고 그 예를 찾기가 어렵고 아마도 결코 다시 반복되지 않을 그런 일이지만 인간성에 대한 일반적인 공감에 뭔가 호소하는 힘을 지녔다고 생각한다. 우리 모두 자신은 결단코 그런 어리석은 일을 행하지 않으리라는 걸 알면서도 다른 사람은 그럴 수 있으리라고 느끼는 것이다. 적어도 나의 경우엔 이 사건을 가끔 떠올리며 이야기가 틀림없이 사실이리라고 느끼며 그 주인공의 성격을 생각해 보게 된다. 어떤 문제든 우리의 마음에 아주 강한 영향을 미칠 때 그 문제에 대해서 생각해 보는 것은 절대 시간을 낭비하는 것이 아니다. 독자들이 그러고 싶다면 자기 나름대로 이 이야기에 대해서 생각해 보아도 좋겠고, 이십 년간 웨이크필드가 이어 온 기행의 여정을 나와 함께 더듬어 보고 싶다면 그것도 환영한다. 그것을 찾아내서 무엇이라고 깔끔하게, 이를테면 분명한 결론으로 정리할 수는 없더라도 그의 이야기에는 어떤 정신과 교훈 같은 것이 담겨 있으리라고 믿으면서. 생각은 항상 그 자체의 추진력을 가지고 있고 어떤 이상한 사건도 그 나름의 교훈을 지니고 있는 법이니까.

웨이크필드는 어떤 종류의 사람이었던가? 우리는 자유롭게 우리의 생각을 정리해 볼 수 있고 그에 대한 우리의 생각을 그의 이름으로 부를 수 있을 것이다. 그는 그 당시 인생의 절

성기를 맞고 있었다. 부부간의 애정은 격렬하진 않았지만 차분하고 습관적이며 정상적인 감정이었다. 그는 결코 변심하지 않을 한결같은 남편의 전형적인 모습이었는데, 왜냐하면 그에게는 뭔가 늘쩍지근한 데가 있어서 어떠한 경우에도 절대 동요하지 않고 차분할 것처럼 보였기 때문이다. 그에게는 지적인 면도 있었지만 아주 강하고 적극적인 것은 아니었다. 그의 마음은 별로 뚜렷한 목표가 없는 게으른 명상에 오래 머물거나 설령 그런 목표가 있다 해도 그것을 달성할 만한 강력한 힘을 가지지 못했다. 그리고 그의 생각들은 그것들을 표현할 말을 찾아내려고 노력할 만큼 정력적인 경우도 드물었다. 진정한 의미의 상상력은 웨이크필드의 능력과는 아무 상관이 없는 것이었다. 차갑기는 하지만 부도덕하거나 방황하지 않는 가슴과 결코 복잡한 생각으로 들뜨거나 어떤 독창적인 생각으로 혼란에 빠지지 않는 마음을 가진 우리의 이 친구가, 당당히 기행을 행한 자들의 선두에 서리라고 누가 예측이나 할수 있었겠는가? 만일 그를 아는 사람들에게, 런던에 사는 사람 중에 내일 기억될 만한 일을 오늘 행하지 않을 가장 확실한 사람이 누구냐고 묻는다면 그들은 분명 웨이크필드를 생각해 냈을 것이다. 그러나 아내만은 아마도 망설였을 것이다. 남편의 성격을 분석해 보지는 않았지만 그녀는 소극적인 마음 상태로 녹슬어 들어가서 잘 드러나 보이지 않는 그의 이기심, 그의 가장 불안한 특질인 묘한 허영심, 별로 폭로할 가치가 없는 사소한 비밀을 지키는 정도 이상으로 그다지 강한 효과를 내지 못하는 약간의 간교한 성향, 그리고 마지막으로 때때로 이 좋은 사람에게서 나타나는 어떤 이상한 성격 같은 것, 이런 것들에 대해서 어느 정도 알고 있었기 때문이었다. 그런데 이 이상한 성격이라는 것은 뭐라고 분명히 말할 수 없는, 어쩌면 실재하지 않은 것일지도 몰랐다.

이제 웨이크필드가 아내에게 작별 인사를 하는 장면을 상상해 보자. 그것은 어느 시월 저녁 어스름 무렵의 일이었다. 몸에 지닌 것이라고는 칙칙한 다갈색 외투, 기름천을 씌운 모자, 긴 부츠, 한 손에 든 우산과 다른 손에 든 조그만 여행 가방이 전부였다. 그는 웨이크필드 부인에게 야간 마차를 타고 시골에 좀 다녀오겠다고 이야기했다. 그녀는 여행 기간, 여행의 목적, 그리고 언제쯤 돌아올 것인지 등을 묻고 싶었지만 별 악의 없이 그런 자세한 것들을 잘 밝히고 싶어 하지 않는 남편의 성미를 존중해서 표정으로만 물어볼 따름이었다. 그는 아내에게 귀경 마차로 꼭 돌아오리라 기대하지 말고 사나흘쯤 지체하더라도 놀라지 말라고, 하지만 어떻게든 금요일 저녁 식사 때까지는 돌아올 테니 그리 알라고 일렀다. 웨이크필드 자신도 그의 앞에 어떤 일이 놓여 있는지 전혀 의심을 하지 않았던 것이다. 그가 손을 내밀자 아내도 마주 손을 내밀었고 두 사람은 십 년의 결혼 생활 동안 늘 그래 왔던 대로 일상적인 작별의 키스를 나누었다. 그렇게 그 중년의 웨이크필드 씨는 일주일 정도 떨어져 있음으로써 아내를 좀 놀라게 해 주려는 마음을 거의 굳힌 채로 집을 나선 것이었다. 그가 나간 후 그녀는 문이 약간 덜 닫힌 것을 보았고 열린 틈으로 그녀에게 미소를 지으며 곧 사라져 간 남편의 얼굴 모습을 보았다. 그 조그만 사건은 그때는 별생각 없이 곧 잊혔다. 그러나 먼 훗날 그녀가 아내라기보다는 과부로 여러 해를 살아가고 있을 때 그 미소는 줄곧 다시 떠오르며 웨이크필드의 모습을 회상할 때마다 그 위를 퍼뜩 스쳐갔다. 수많은 명상 속에서 그녀는 본래의 미소에 여러 가지 환상적인 모습들을 덧씌우기도 했는데 그 모습들은 그 미소를 이상하고 으스스하게 만들기도 했다. 예컨대 그가 관 속에 누워 있는 모습을 상상할 때면 그 작별의 미소는 그의 창백한 얼굴에 얼어붙어 있었고, 그가 천국에 있는 꿈을 꿀 때면 축복받은 그의 영혼은 여전히 조용하면서도 간교스러운 듯한 미소를 머금고 있었다. 그러나 모든 사람들이 그가 죽은 것이라며 포기를 했을 때도 그녀는 바로 그 미소 때문에 자신이 정말 과부가 되었다는 사실을 때로 의심했던 것이다.

그러나 우리의 관심사는 그 남편이다. 그가 정체성을 잃고 거대한 런던의 삶에 녹아 들어가 버리기 전에 길을 따라 얼른 그의 뒤를 쫓아가 보아야 한다. 그 거대한 런던에서 그를 찾으려 하는 것은 허사일 테니까. 그러니까 그의 뒤를 바짝 쫓아가 보자. 그러면 쓸데없이 모퉁이를 이리저리 돌고 또 돌다가 결국 앞에서 말한 조그만 아파트 숙소의 난롯가에 편안히 자리를 잡고 앉은 그를 발견하게 될 터다. 그는 집 바로 옆길로 온 것이고 거기서 그의 여행은 끝난 것이었다. 한번은 불 켜진 가로등의 불빛을 정면으로 받으며 사람의 무리 때문에 지체되기도 했고 또 한번은 주위의 수많은 발걸음 소리와는 분명히 구분되는, 자신을 뒤따라오는 듯한 발걸음 소리가 들리기도 했고, 조금 후엔 멀리서 외치는 소리가 꼭 자신의 이름을 부르는 것 같았던, 그런 일들을 회상하면서 그는 자신이 여기까지 남에게 들키지 않고 무사히 도착한 행운을 믿기가 어려웠다. 틀림없이 남의 일에 참견하기 좋아하는 여남은 명의 사람들이 자기를 지켜보고는 모든 사실을 아내에게 다 이야기했을 것이다. 가엾은 웨이크필드여! 이 넓은 세상에서 당신이 얼마나 하찮은 존재인가를 잘 모르는구려! 나 말고는 아무도 당신을 뒤쫓아가 지켜본 사람이 없소. 그러니 이 어리석은 사람이여, 어서 조용히 잠자리에 들고, 만일 당신이 현명한 사람이라면 내일 아침 착한 웨이크필드 부인에게로 돌아가서 사실대로 이야기를 하시오. 단 일주일이라도 그녀의 정숙한 가슴속에 자리한 당신의 자리를 비우지 마시오. 만약에 그녀가 한순간이라도 당신이 죽었다거나 실종되었다거나 오랫동안 그녀로부터 계속 떨어져 있게 되었다고 생각하게 된다면, 당신은 그 후로 영원히 당신의 아내에게 일어난 변화를 애통하게 의식하며 살아가야 할 테니 말이오. 인간의 정에 틈새를 만드는 것은 위험한 일이오. 그 틈새가 길고 넓게 벌어져서가 아니라 그 틈이 곧 다시 닫혀 버리기 때문이라오.

자신의 장난 — 아니면 그런 행동을 뭐라고 부르든 간에 — 을 거의 후회하면서 웨이크필드는 일찍이 잠자리에 들었다. 잠깐 잠이 들었다가 퍼뜩 놀라 깨면서 그는 양팔을 익숙지 않은 침대의 넓고 황량한 공간으로 벌렸다. "안 되겠다. 혼자서 하룻밤을 더 잘 생각은 말아야지." 그는 침구를 옆으로 가까이 끌어당기며 생각했다.

아침에 그는 평상시보다 일찍 일어나서 자신이 정말 하려는 일이 무엇인지 곰곰 생각해 보았다. 그가 생각하는 방식은 이처럼 느슨하고 두서가 없어서 지금도 어떤 목적을 의식하긴 하지만 스스로 그것에 대해서 깊이 생각해 볼 만큼 분명히 정의를 내릴 수 없는 상태였다. 그는 이렇게 이상한 행동을 취한 것이었다. 계획의 모호함, 그러면서도 그런 계획을 실천에 옮기려는 발작적인 노력, 이런 것은 모두 정신 상태가 약한 사람들의 특징이다. 하지만 웨이크필드는 자신의 생각을 아주 세밀히 저울질해 보고는 자신이 집을 비운 일주일 동안 집안일은 어떻게 되어 갈 것인가, ── 모범적인 아내가 자기가 없는 일주일을 어떻게 견디며 살아갈 것인가. ── 간단히 말해서 자기가 중심을 이루고 있는 영역의 사람들과 상황들이 자기가 없음으로 해서 어떤 영향을 받게 될지를 자신이 알고 싶어 한다는 사실을 발견해 냈다. 그러니까 그 이상한 행동의 저변에는 어떤 병적인 허영심이 깔려 있었던 것이다. 하지만 어떻게 그의 목적을 달성할 수 있을 것인가? 비록 집 바로 옆길에서 자고 깨어났지만 마치 마차를 타고 밤새도록 빙빙 돌아다닌 것처럼 집 밖을 떠돈 듯한 효과를 주는 이 편안한 숙소에 계속 머물러 있어서는 그건 분명 불가능한 일이었다. 하지만 그가 다시 나타나 버리면 그의 계획은 수포로 돌아가고 마는 것이었다. 그의 가엾은 머리는 딜레마에 부딪혀 무력해질 수밖에 없었다. 그러다가 그는 드디어 길을 건너서 자신이 버리고 떠나온 그 집을 얼핏 살펴보기로 거의 마음을 정하고 문밖으로 나서는 모험을 감행했다. 습관이 ── 그는 습관적으로 살아온 사람이었으니까. ── 그의 손을 붙들고 안내를 한 바람에 그는 자신도 모르게 집 대문 앞에 이르렀다가, 바로 그 결정적인 순간에 계단을 스치는 자신의 발소리에 퍼뜩 정신이 들었다. 웨이크필드여! 어디로 갈 것인가?

　바로 그 순간에 그의 운명은 결정적인 갈림길에 놓인 것이었다. 첫 뒷걸음질이 어떤 파멸적인 운명을 가져올지 꿈에도 생각하지 못하고 그는 황급히 그 자리에서 물러났다. 여태까지 느껴 보지 못했던 마음의 동요로 숨이 막힐 지경이었고 멀리 모퉁이에 이르러서도 감히 뒤를 돌아볼 수가 없었다. 그를 아무도 못 보았을 수가 있을까? 온 집안 사람들이 ── 점잖은 웨이크필드 부인, 똑똑한 하녀 그리고 지저분한 사동(使童) 모두가 — 런던 거리를 헤치며, 저 사람 붙들라고 소리치면서 도망자인 그들의 주인을 쫓아오지는 않을까? 참 멋있게 잘 빠져나왔군. 그는 이제 용기를 내어 숨을 고르고는 집 쪽을 돌아보았다. 그러나 그 친숙한 집 모양이 변한 것 같아 어리둥절했다. 그 느낌은 여러 달 또는 여러 해 동안 떨어져 있다가 우리가 옛날에 익숙했던 언덕이나 호수나 예술품 같은 것을 다시 볼 때 우리에게 영향을 주는 그런 변화의 느낌이었다. 보통의 경우에 뭐라고 표현하기 어려운 이 느낌은 우리의 부정확한 회상과 실재 사이의 비교와 대조 때문에 일어나는 것이다. 그러나 웨이크필드의 경우는 단 하룻밤이 마술을 부리듯 비슷한 변화의 느낌을 일으킨 것이었는데 그것은 짧은 기간에 아주 커다란 도덕적 변화가 그에게 일어났기 때문이었다. 하지만 이러한 사실을 그 자신은 모르고 있었다. 그 자리를 떠나기 전 그는 집 앞 창문을 가로질러 가며 얼굴을 길 입구 쪽으로 돌리는 아내의 모습을 멀리서 잠깐 보았다. 그 교활한 얼간이 남편은 그녀의 눈이 수많은 사람 가운데서 틀림없이 자신을 찾아냈을 거라는 생각에 겁이 나서 도망치듯 그 자리를 빠져나왔다. 자신의 숙소 난롯가로 돌아왔을 때 그는 머리가 약간 어지러운 듯했지만 마음은 아주 즐거웠다.

이 오랜 변덕스러운 장난의 시작에 대해서는 이 정도로 이야기해 두자. 이런 생각이 시작되고 그의 늘쩍지근한 기질이 일단 이것을 실천에 옮기게끔 자극을 받게 되면 그다음부터 모든 일은 자연스럽게 진행되기 마련이다. 우리는 그가 심사숙고 끝에 붉은 머리카락의 새 가발을 사고 유대인 헌옷 장수의 짐보따리에서 나온 듯한, 늘 입는 갈색의 칙칙한 옷 대신에 여러 가시 다양한 색깔의 옷을 고르는 모습을 상상해 볼 수 있을 것이다. 그렇게 변화는 제 궤도에 올라 진행됐고 웨이크필드는 딴사람이 된 것이다. 이제 새로운 삶이 제자리를 잡자 옛날의 체계로 돌아간다는 것은, 이처럼 전례가 없는 상황에 처하게 한 그 과정 못지않게 어려웠을 것이다. 더구나 때때로 그의 기질에서 나타나는 실쭉함 — 지금은 웨이크필드 부인의 가슴속에서 일어나고 있을 자신에 대한 감정을 자기 맘대로 섭섭하게 생각하는 데서 오는 실쭉함 — 때문에 그의 태도는 아주 완고해져 있었다. 그는 아내가 놀라움과 두려움 때문에 거의 죽게 될 상태에 이를 때까지는 결코 돌아가지 않을 생각이었다. 사실 그는 두세 번 아내가 지나가는 모습을 보았는데 그때마다 걸음걸이는 점점 더 무거워지고 뺨은 더 창백해졌으며 이마에는 근심이 더 짙어 갔다. 그가 나타나지 않은 지삼 주일째 되는 어느 날 약제사가 집 안으로 들어가는 불길한 조짐을 그는 목격했다. 다음 날에는 대문에 달린 노커를 아예 막아 놓은 것을 보았다. 그날 해질녘, 마차가 나타나서 큰 가발을 쓴 엄숙한 모습의 의사를 그의 집 대문 앞에 내려놓았고 한 십오 분쯤 후에 죽음의 전령일지도 모를 그 의사가 대문에서 나오는 모습이 보였다. 아, 나의 여인이여! 그대가 죽는다는 말인가? 그때쯤 웨이크필드도 걱정 같은 감정을 느끼고 있었지만 여전히 아내의 임종 자리에서 떨어져 머뭇거리며 그런 중요한 시기에 아내가 방해를 받아서는 안 된다고 자신의 양심에게 간청을 했다. 양심이 아닌 다른 어떤 것이 그를 그렇게 붙잡아 두었더라도 그는 그 사실을 알지 못했을 것이다. 몇 주일이 지나는 동안 그녀는 차츰 회복했고 그래서 그 위기는 지나갔다. 아마도 그녀의 마음은 슬프긴 해도 한결 차분해졌을 것이다. 그리고 그가 빨리 돌아가든 늦게 돌아가든 그녀의 마음은 결코 그에 대해서 다시는 열정적일 수 없을 것이다. 그런 생각들이 웨이크필드의 뿌연 마음속에서 가물거렸고 그로 하여금 분명하지는 않지만 숙소와 옛날 집 사이에 아무래도 통과할 수 없는 어떤 심연이 가로놓여 있음을 의식하게 했다. "바로 옆길인데 말이지." 그는 이따금 그렇게 말하곤 했다. 바보 같으니라고! 그것은 옆길이 아니라 다른 세상이라오. 지금까지 그는 자신의 귀환을 하루하루 미루어 온 것이었다. 그러나 이제 그는 정확한 귀환 시간을 미정의 상태로 남겨 두었다. 내일 말고 — 어쩌면 다음 주쯤 — 아니 곧, 이런 식으로. 가없은 인간! 스스로를 추방한 웨이크필드도 죽은 사람과 마찬가지로 그의 집을 다시 찾아갈 가망은 거의 없는 것이었다.

여남은 분량의 짧은 글이 아니라 큰 책 한 권에 쓸 수가 있다면! 그렇다면 어떤 영향력이라는 것이 우리의 통제를 벗어나서 어떻게 우리가 하는 모든 행동을 완전히 장악하고 그 행동의 결과를 강철같이 단단한 필연의 직물로 짜내는가를 예시할 수도 있을 텐데 말이다. 웨이크필드는 주술에 걸린 것이었다. 이제 우리 십 년 정도, 그가 문지방을 한 번도 넘어서지 못하면서도 집 주위를 계속 떠돌고, 아내의 가슴은 서서히 그를 잊어 가고 있지만 그의 가슴만은 여전히 생생한 애정을 품고 아내를 향한 변함없는 생각을 지닌 채 살아가도록 내버려 두자. 여기서 밝혀 두어야 할 것은 그는 이미 오래전부터 자신의 행동이 이상하다는 점을 깨닫지 못하게 됐다는 사실이다.

자, 이제 이런 장면을 생각해 보자. 런던 시의 그 많은 사람들의 무리 속에서 우리는 이제 나이가 꽤 든, 무관심한 사람들의 주의를 끌 만큼 이렇다 할 특징은 보이지 않지만 그것을 읽어 낼 수 있는 능력을 가진 사람에게는 온통 평범하지 않은 운명의 기록을 지닌 한 사람을 눈여겨보게 되리라. 그의 모습은 빈약하다. 낮고 좁은 이마에는 깊은 주름이 파여 있고 조그맣고 광채를 잃은 눈은 때때로 걱정스럽게 주위를 헤매지만 더 자주 자신의 내면을 들여다보고 있는 듯하다. 마치 자신의 모습을 정면으로 세상에 내보이는 것을 꺼리는 듯이 그는 머리를 숙이고, 뭐라고 표현하기 어려운 뭔가 비뚤어진 듯한 자세로 걷는다. 그를 관찰하면서 우리가 앞서 묘사한 것들을 자세히 살펴보라. 그러면 여러분은 자연의 평범한 작품으로부터 간혹 독특한 사람을 만들어 내는 환경이라는 것이 이 경우에도 그런 인물을 빚어내고 있음을 인정하게 될 터다. 자, 이제는 그가 보도 위를 조심스럽게 걸어가도록 내버려 두고 여러분의 시선을 반대 방향으로 돌려서 이제 나이가 꽤 들어 보이는 한 뚱뚱한 여자가 손에 기도서를 들고 저쪽 교회로 향하는 모습을 살펴보기로 하자. 그녀의 태도에서는 오래된 과부 생활의 차분함이 느껴진다. 그녀의 슬픔은 이제 사라졌거나 아니면 가슴에서 떼어 낼 수 없는 한 부분이 돼 버려서 좀처럼 즐거움으로 바뀔 수 없는 것처럼 보인다. 그 빈약한 모습의 남자와 이 건강한 여자가 스쳐 지나가는 바로 그 순간, 어떤 사소한 방해가 일어나서 이 두 사람을 직접적으로 접촉하게 한다. 그들의 손이 서로 닿으며 사람들의 밀림에서 그녀의 가슴이 그 남자의 어깨에 부딪힌 것이다. 그들은 서로 마주 보고 서서 상대방의 눈을 빤히 들여다본다. 서로 떨어져 산 지 십 년이 넘어서 웨이크필드는 그렇게 아내를 만나게 된 것이다.

　사람들의 무리가 소용돌이치듯 밀려가고 그들도 따로 떨어진다. 그 차분한 과부는 교회를 향하여 전처럼 다시 걸어가

다가 교회 입구에 이르러 잠시 멈춰 서서 길을 따라 혼란스러워진 시선을 던진다. 그러나 그녀는 곧 교회로 들어가면서 기도서를 펼친다. 한편 그 남자는 어떤가? 바쁘고 이기적인 런던 사람들이 길을 멈춰 서서 그의 모습을 지켜볼 정도로 혼란스럽고 광기 어린 표정이 되어 가지고 황급히 그의 숙소로 돌아와 문에 빗장을 걸고는 침대 위에 몸을 내던진다. 수년 동안 잠복해 온 감정들이 터져 나온 것이다. 그의 약한 정신이 그 감정들의 힘으로부터 활력을 얻어 그의 삶의 비정상적인 비참함을 한눈에 드러내 보인다. 그리고 그는 격렬하게 외친다. "웨이크필드! 웨이크필드! 넌 미친 거야!"

아마도 그는 미쳤을 것이다. 그의 이상한 상황이 틀림없이 그를 거기에 꿰맞춰서, 그는 주위 사람들과의 관계와 일상적인 삶의 관점에서 볼 때 제정신이라고 볼 수 없었다. 그는 세상과 절연하여 사라져 버리고, 죽은 사람들 틈에 끼지도 못하면서 산 사람들과의 관계에 있어서는 그의 위치나 그가 누릴 수 있는 특권을 모두 포기해 버리려 한 것이었다. 아니, 어떻게 하다 보니 그렇게 된 것이었다. 은둔자의 삶은 그의 삶과는 비교될 수가 없다. 그는 전과 마찬가지로 법석대는 시내 한복판에 있었지만 사람들은 그를 보지 않은 채 지나쳐 갔고 — 비유적으로 말하자면 — 그는 항상 아내 곁에 그리고 따뜻한 난롯가에 있으면서도 아내의 애정이나 난로의 따뜻함을 느껴서는 안 되는 것이었다. 원래 가지고 있던 인간의 동정심을 그대로 지녔고 여전히 인간의 관심사에 매여 있으면서도 그런 것들에 대한 상호 호환적인 영향력을 상실했다는 것이 웨이크필드가 처한 전례 없이 희한한 운명이었다. 그러한 환경이 그의 가슴과 정신에 각각, 그리고 동시에 미치는 영향을 추적해 보는 것은 우리의 호기심을 자극하는 매우 흥미로운 일이 될 것이다. 하지만 웨이크필드는 자신이 변했으면서도 그런 사실을 거의 의식하지 못했고 자기를 예전과 같은 사람으로 생각했다. 가끔 진실을 깨닫긴 했지만 그저 순간에 불과했다. 그래서 '곧 돌아가야지.'라고 줄곧 말하면서도 그 말을 이십 년 동안 계속해 왔다는 생각은 별로 해 보지 않았다.

돌이켜 보면 이 이십 년이라는 시간이 웨이크필드가 애초에 떠나 있기로 했던 일주일보다 그다지 더 긴 시간이 아니었다는 생각이 들기도 한다. 그는 그 사건을 주된 인생사 중에서도 하나의 간주곡에 불과한 것으로 생각했을 것이다. 시간이 좀 더 지난 후 그가 자신의 응접실로 다시 들어갈 때가 되었다고 생각할 때 아내도 이제 중년이 된 웨이크필드 씨를 보면서 기쁨의 박수를 보낼 것이라고 생각했다. 그러나 아, 그것은 얼마나 잘못된 생각인가! 시간이 우리가 즐겨 하는 어리석은 짓들이 끝날 때까지 기다려 주기만 한다면, 우리 모두는 이 세상이 끝나는 날까지 늘 젊은이가 아니겠는가.

그가 사라진 지 스무 해가 되는 어느 날 저녁, 웨이크필드는 아직도 자기 집이라고 부르는 그 집을 향하여 여느 때와 마찬가지로 산책길에 나섰다. 가끔 빗줄기가 보도 위에 후두둑 쏟아지다가는 우산을 펴 들 만하면 다시 멈추는, 그런 광풍이 이는 가을밤이었다. 집 근처에 멈춰 서서 웨이크필드는 2층 응접실의 창문을 통해 새어 나오는 아늑한 난로의 불그레한 불빛과 희미하게 파들대는 불꽃의 움직임을 보았다. 천장에는 웨이크필드 부인의 그림자가 기괴한 형상으로 비치고 있었다. 그녀가 쓰고 있는 모자, 코와 턱, 두툼한 허리 모양이 그럴듯하게 하나의 희화적인 형상을 이루며, 오르내리는 불꽃의 움직임에 맞추어 춤을 추고 있었는데 그 모습이 나이 든 과부의 그림자로서는 너무 명랑해 보일 정도였다. 바로 그 순간 빗줄기가 쏟아지면서 무자비한 광풍이 일었는데, 그것이 웨이크필드의 얼굴과 가슴을 정통으로 후려갈겼다. 그는 가을의 한기에 온몸이 꿰뚫리는 느낌이었다. 집 난로에는 그의 몸을 훈훈하게 덥혀 줄 따뜻한 불이 담겨 있고 아내는 틀림없이 침실 옷장에 잘 보관해 뒀을 자기의 회색 저고리와 바지를 뛰어가서 가져다줄 텐데, 이렇게 비에 젖어 떨면서 여기 서 있어야 한단 말인가? 아니지! 웨이크필드는 그런 바보가 아니지. 그는 계단을 오르기 시작했다, 무거운 걸음으로. 왜냐하면 그가 그 계단을 내려온 이후의 이십 년이라는 긴 세월이 그의 다리를 뻣뻣하게 만들어 버렸기 때문이었다. 그러나 그는 그런 사실을 알지 못했다. 잠깐, 웨이크필드여! 이제 당신에게 남겨진 유일한 집으로 가려는 거요? 그렇다면 당신의 무덤으로 들어가셔야지! 문이 열렸다. 그가 문 안으로 들어갈 때 우리는 마지막 작별의 눈길을 그의 얼굴에 보낸다. 그리고 아내를 희생양으로 삼아 지금까지 계속해 온 그 조그만 장난의 전조인 간교한 미소를 확인하게 된다. 그는 얼마나 무자비하게 그 가엾은 여자를 농락한 것인가? 그래, 이제 웨이크필드여, 평안한 밤을 맞으시라!

이 행복한 사건은 — 우리가 그렇게 부를 수 있다면 — 사전에 전혀 계획되지 않은 순간에만 일어날 수 있었을 그런 사건이었다. 우리의 친구를 문지방 너머까지 따라가진 말자. 그는 우리에게 많은 생각할 거리를 남겨 주었다. 그 중 한 부분은 교훈에 지혜를 제공하고 어떤 구체적인 형상까지 이룰 수 있을 것이다. 혼란스러워 보이는 알 수 없는 세상

속에서도 개개인은 어떤 체계에 아주 잘 적응하고 또 각각의
체계들은 서로서로, 그리고 전체의 체계에 아주 잘 적응해서,
한순간이라도 거기서 벗어나면 인간은 자신의 자리를 영원히
잃는 끔찍한 위험에 스스로를 노출되고 마는 것이다. 말하자
면 웨이크필드처럼 우주의 방랑자가 될 수도 있는 것이다.

목사의 검은 베일

교회지기는 밀퍼드 교회의 입구에 서서 기운차게 종끈을 잡아당겼다. 마을의 노인들은 구부정한 걸음걸이로 길을 따라 걸어왔고, 아이들은 밝은 표정으로 부모 곁에서 즐겁게 깡충거리며 뛰기도 하고 주일 복장의 권위를 의식하여 점잖은 걸음걸이를 흉내 내며 걷기도 했다. 날씬한 모습의 총각들은 아리따운 처녀들을 곁눈질로 훔쳐보며 안식일의 햇빛이 보통 날보다 아가씨들을 더 아름답게 보이게 한다고 생각했다. 사람들의 무리가 대부분 교회 입구로 들어섰을 때 교회지기는 후퍼 목사의 집 대문을 지켜보면서 종을 치기 시작했다. 목사의 모습이 나타나면 종치기를 그친다는 게 신호인 까닭이었다.

"아니, 후퍼 목사님이 얼굴에 뭘 쓰고 계시지?"

교회지기가 놀라서 외쳤다.

그 말을 들은 주위 사람들은 즉시 몸을 돌려 사색에 잠긴 걸음걸이로 교회를 향해 천천히 다가오는 후퍼 씨처럼 생긴 사람의 모습을 바라보았다. 그들은 하나같이 모두 놀랐다. 어떤 낯선 목사가 후퍼 씨의 설교단에 대신 들어서려고 다가온다 해도 그처럼 놀란 표정을 짓지는 않았을 것이다.

"저분이 우리 목사님이라는 말입니까?"

그레이 씨가 교회지기에게 물었다.

"분명 목사님이죠. 웨스트베리의 슈트 목사님과 오늘 설교를 바꿔서 하기로 되어 있었는데 슈트 목사님이 갑자기 장례식에서 설교를 하게 되는 바람에 못 오게 됐다고 어제 연락이 왔지요."

교회지기가 대답했다.

그처럼 모든 사람을 놀라게 한 원인은 아주 사소한 것처럼 보일지도 모른다. 삼십쯤의 나이에 신사다운 풍모를 지닌 후퍼 씨는 비록 총각이긴 하지만, 마치 꼼꼼한 아내가 밴드에 풀을 먹이고 주일마다 입는 목사복에서 일주일 내내 묵은 먼지를 깨끗하게 털어 낸 것처럼 늘 성직자다운 깔끔한 옷차림을 하고 있었다. 그런데 그날 그의 모습에는 한 가지 유별나게 눈에 띄는 점이 있었던 것이다. 그것은 후퍼 씨가 쓴 검은 베일인데 그것은 그의 이마를 두르고 얼굴 위로 낮게 드리워져서 그의 숨결에 흔들리고 있었다. 좀 더 가까이에서 보면 베일은 입과 턱을 제외한 얼굴의 모든 부분을 가린 두 겹의 천으로 이루어진 것 같았지만 아마도 그의 시야를 완전히 차단하지는 않고 모든 생물과 무생물 들에 어두운 빛을 드리웠을 것이다. 이 어두운 베일 뒤에서 후퍼 씨는 깊은 생각에 잠긴 사람들이 으레 그렇듯이 몸을 약간 구부린 자세로 발밑을 내려다보며 천천히 그리고 조용히 걸어오면서 교회의 계단에서 기다리고 있는 교구민들에게 친절히 목례를 했다. 그러나 그들은 너무 놀란 나머지 목사의 인사에 제대로 답례하지도 못했다.

"저 천 조각 뒤에 후퍼 목사님의 얼굴이 있을 것 같지가 않은데요."

교회지기가 말했다.

"아이고, 흉해라. 얼굴을 가린 것뿐인데, 목사님이 뭔가 무서운 존재로 바뀌어 버린 것 같네."

"목사님이 도셨군."

교회 입구를 가로질러 후퍼 씨를 뒤따라가면서 그레이 씨가 말했다.

후퍼 씨가 교회 안으로 들어서기 전에 이미 알 수 없는 이상한 일이 일어났다는 소문이 퍼져서 교회 안에 모인 사람들을 술렁이게 했다. 문 쪽을 향해 얼굴을 돌리고 있지 않은 사람이 드물었고 대부분은 아예 일어서서 문 쪽을 정면으로 바라보고 있었다. 한편 어린아이들은 의자 위로 기어올랐다가 다시 내려오며 소란을 피웠다. 목사가 입장할 때 따라야 할 침묵의 정적과는 정반대로 여자들의 옷 스치는 소리, 남자들의 발 끄는 소리들로 교회 안은 온통 술렁대고 있었다. 그러나 후퍼 씨는 교민들의 이런 동요(動搖)를 깨닫지 못하고 있는 듯했다. 그는 조용한 발걸음으로 교회 안에 들어서서 양쪽 걸상을 향해 가볍게 목례를 하고, 통로 한가운데의 안락의자에 앉은 나이가 지긋한 흰머리의 교인 옆을 지날 때는 머리를 숙여 인사를 했다. 이 노인이 목사의 모습에서 뭔가 이상한 점을 의식하는 데에는 시간이 한참 걸렸는데, 보기에 참으로 이상스러웠다. 그는 후퍼 씨가 계단을 올라 설교단에 들어서서 검은 베일을 사이에 두고 회중들과 얼굴을 마주 대할 때까지 모든 사람들이 느끼는 놀라움을 제대로 의식하지 못하고 있는 듯했다. 목사와 회중의 사이에 걸린 그 신비스러운 상징물은 끝내 걷히지 않았다. 그것은 후퍼 씨가 찬송가를 부를 때 숨결의 박자에 맞추어 흔들렸고, 성경을 읽을 때 그와 성스러운 말씀 사이에 모호함을 드리웠으며, 그가 기도를 하는 동안 치켜든 얼굴 위에 무겁게 얹혀 있었다. 그가 기도를 드리는 그 두려운 존재로부터 얼굴을 감추려고 한 것일까?

이 한 조각의 천이 일으킨 효과는 엄청나서 마음 약한 몇몇 여자는 교회를 떠나지 않을 수 없을 정도였다. 하지만 목사의 검은 베일이 회중들에게 무서운 모습이듯이 창백한 얼굴의 교인들 역시 아마도 목사에게는 무서운 광경으로 느껴졌을 것이다.

후퍼 씨는 훌륭한 목사로서의 명성을 얻고 있긴 했지만 열정적이고 정력적인 목사로 알려지지는 않았다. 그는 요란스러운 말로 회중을 천국으로 몰고 가기보다는 차분히 설득함으로써 천국으로 인도하려고 했다. 지금의 설교도 그동안 그가 해 온 설교 연설과 동일한 스타일과 방식으로 진행되었다. 그러나 강론 자체에 담긴 느낌이나 청중들의 상상력이 보인 반응에 있어서, 교인들은 여태까지 목사로부터 들은 설교 중 가장 강력한 호소력을 느끼게 하는 무엇인가를 감지했다. 그 설교는 보통 때보다 좀 더 어둡게, 후퍼 씨 특유의 온화한 우울함에 물들어 있었다. 설교의 내용은 숨겨진 죄와 전능하신 하느님이 모든 걸 알아낼 수 있다는 사실조차 잊은 채 우리의 가장 가깝고 소중한 사람들로부터 감추고, 심지어 우리 자신의 의식으로부터도 숨기려 드는 슬픈 죄의 비밀에 관한 것이었다. 그의 말에는 미묘한 힘이 실려 있었다. 가장 순진무구한 소녀와 굳은 가슴의 남자에 이르기까지 모든 사람들은 마치 목사가 무서운 베일을 걸친 채 그들에게 다가와 자신들의 행동과 생각 속에 숨겨진 사악함을 찾아낸 것처럼 느꼈다. 많은 사람들이 꼭 쥔 두 손으로 그들의 가슴을 가렸다. 후퍼 씨의 설교에는 아무런 무서운, 적어도 격렬한 표현이 담겨 있지 않았음에도 그의 말을 듣는 사람들은 우울한 목소리가 떨릴 때마다 함께 몸을 떨었다. 그들이 바란 것이 아닌 어떤 비장함이 두려움과 손을 마주 잡고 오는 듯했다. 청중은 목사로부터 평소와 아주 다른, 어떤 특질을 강하게 느꼈기 때문에 한 줄기 바람이 그 베일을 젖혀 목사의 모습을 확인시켜 주었으면 하고 바랐다. 전체적인 형상과 몸의 동작과 목소리는 후퍼 씨의 것이라 해도 얼굴만은 낯선 사람의 것이 드러나리라고 그들은 거의 믿고 있었던 것이다.

예배가 끝나자 사람들은 입 밖에 내지 못했던 놀라움을 얼른 전하고 싶어, 체면도 없이 혼란스럽게 교회에서 서둘러 빠져나왔다. 시야에서 검은 베일이 사라지는 순간 그들은 기분이 한결 가벼워지는 것을 느꼈다. 어떤 사람들은 끼리끼리 머리를 맞댄 채 조그만 원을 그리고 서서 계속 뭐라고 수군댔다. 그리고 어떤 사람들은 침묵의 명상에 잠긴 채 혼자 집으로 발걸음을 옮겼으며, 또 어떤 사람들은 큰 소리로 떠들어 대면서 허세를 부리는 웃음소리로 안식일의 고요함을 모독하기도 했다. 몇몇 사람은 그 비밀을 꿰뚫어 볼 수 있다는 듯이 의미심장하게 머리를 흔들기도 했고, 한두 사람은 아무것도 이상할 게 없다고, 후퍼 씨의 시력이 밤에 등불 밑에서 책을 보느라 약해져서 차양이 필요했을 뿐이라고 단언하기도 했다. 잠시 후에 후퍼 씨도 신도들을 뒤따라 밖으로 나왔다. 베일로 가린 얼굴을 이리저리 돌리면서 그는 머리가 허연 노인들에게는 깍듯이 예의를 차렸고 중년의 사람들에게는 친구이자 정신적 안내자로서 친절하면서도 위엄을 갖춘 인사를 보냈다.

또한 위엄과 사랑이 섞인 태도로 젊은이들을 맞았고 어린아이들에게는 머리를 쓰다듬으며 축복을 내렸다. 안식일에 그는 늘 그렇게 했던 것이다. 그러나 지금은 그러한 그의 인사에, 사람들은 이상하고 당황한 표정으로 반응했다. 전처럼 목사 옆에서 함께 걷는 영광을 바라는 사람도 아무도 없었다. 손더스 영감도 후퍼 씨를 그의 식탁에 초대하는 일을 깜빡 잊어버린 게 틀림없었다. 후퍼 목사는 이 교회에 취임한 이래 거의 매 주일 손더스 영감의 식탁에 초대를 받아서 음식에 축복의 기도를 내려 줬던 것이다. 그날은 식사에 초대받지 못했기 때문에 후퍼 씨는 목사관으로 돌아갔다. 문을 닫는 순간, 그는 자신을 주시하는 사람들을 돌아다보았다. 검은 베일 아래로부터 슬픈 미소가 희미하게 비치다가 그의 모습과 함께 입가에서 가물대며 사라져 갔다.

"참 이상도 하네요. 어떤 여자라도 아무렇지 않게 모자 위에 드리울 수 있는 평범한 검은 베일 하나가 후퍼 목사님 얼굴에서는 저토록 끔찍한 물건이 되다니 말이에요."

한 부인이 말했다.

"목사님 정신이 이상해진 게 틀림없어."

동네 의사인 그녀의 남편이 말을 받았다.

"하지만 참으로 이상한 것은, 저런 기이한 행위가 나처럼 정신이 말짱한 사람에게까지 영향을 미친다는 것이오. 검은 베일이 목사님의 얼굴만 가렸는데도 목사님 몸 전체로 퍼져 나가서 머리에서 발끝까지 완전히 유령처럼 보이게 한단 말이야. 당신은 그렇게 느끼지 않소?"

"정말이에요. 목사님과 단 둘이서는 도저히 함께 있을 수 없을 것 같아요. 아마 목사님도 자신과 단 둘이 있는 게 두려울 거예요!"

"사람은 때로 그러는 법이지."

그날 오후 예배도 비슷한 상황에서 진행이 되었다. 예배가 끝나자 한 젊은 아가씨의 장례식을 알리는 종이 울렸다. 친척과 친구들은 집 안에 모였고 좀 더 먼 친지들은 문 근처에서서 죽은 사람의 훌륭한 점들에 대해 이야기를 나누고 있었는데 그들의 대화는 여전히 검은 베일을 쓴 후퍼 씨가 나타나면서 중단되었다. 검은 베일은 그 자리에선 아주 어울리는 상징물이었다. 후퍼 목사는 고인이 안치된 방으로 들어서서 세상을 떠난 그의 신도에게 마지막 작별을 고하려고 관 위로 몸을 구부렸다. 그가 몸을 구부리자 베일이 이마에서 아래로, 수직으로 드리워졌다. 만일 죽은 아가씨의 눈꺼풀이 영원히 잠기지 않았다면 그녀는 그의 얼굴을 볼 수 있었을 것이다. 후퍼씨가 그처럼 황급히 검은 베일을 다시 붙든 것은 죽은 아가씨의 눈길이 두려워서였을까? 죽은 사람과 산 사람과의 대면을 목격한 한 사람은 목사의 얼굴이 드러난 순간, 비록 고인의 얼굴은 죽음의 평온함을 유지하고 있었지만 시체의 몸이 약간 떨리더니 수의와 무명 모자가 바스락거렸다고 주저 없이 주장했다. 그러나 이 이상한 현상을 목격한 유일한 증인은 미신을 잘 믿는 한 노파뿐이었다. 후퍼 씨는 관 있는 곳에서 나와 조객들이 모인 방으로 가서 장례 기도를 하기 위하여 계단 위쪽으로 올라갔다. 목사의 기도는 부드럽고 슬픔에 가득 차서 가슴을 녹이면서도 천국의 희망들로 물들어 있는 까닭에, 마치 죽은 이가 퉁기는 천국의 하프 선율이 목사의 슬픈 어조에 섞여 희미하게 들려오는 듯했다. 사람들은 목사가 그들과 모든 인간들, 그리고 이 젊은 아가씨에게도 그랬으리라고 믿어 의심치 않는, 즉 그들의 얼굴로부터 베일을 걷어 갈 그 두려운 시간에 대하여 예비하라고 기도할 때 그 말의 뜻을 제대로 이해하지 못하면서도 모두 몸을 떨었다. 죽은 이를 앞세워 관을 든 사람들이 무거운 발걸음으로 앞장서고 조객들과 검은 베일을 쓴 목사가 뒤따르면서 온 거리를 슬픔으로 물들였다.

"왜 뒤를 돌아보시오?"

장례 행렬에 섞여 걸어가면서 한 사람이 아내에게 물었다.

"꼭 목사님과 죽은 아가씨 영혼이 손을 맞잡고 걷고 있을 것만 같아서 그래요."

아내가 대답했다.

"나도 지금 바로 그런 생각을 했소."

남편이 아내의 말을 받았다.

그날 밤 밀퍼드 마을에서는 아주 아름다운 한 쌍의 젊은 남녀가 결혼식을 올리기로 되어 있었다. 후퍼 씨는 우울한 사람으로 알려지긴 했지만 이런 경우에는 평온한 명랑함을 보이며 더 쾌활할 수 없을 정도로 차분한 공감의 미소를 자아내곤 했다. 그의 특성 중에서 이보다 더 그를 사랑받게 하는 것도 없었다. 그래서 결혼식에 모인 사람들은 낮 동안에 후퍼 씨에게 드리워졌던 이상한 경외감이 이제 걷혔으리라 믿으면서 그가 도착하기를 고대하고 있었다. 그러나 결과는 그렇지 못했다. 후퍼 씨가 들어섰을 때 사람들의 시선이 제일 처음 머문 곳은 여전히 얼굴에 걸쳐진 그 끔찍한 검은 베일이었는데, 그것은 장례식에선 짙은 어둠을 더해 줄 뿐이었지만 결혼식에서는 불길한 전조를 드리울 수밖에 없었다. 실제로 그 영향은 손님들에게 즉각 나타나서, 마치 검은 천 뒤에서 구름이 어둡게 퍼져 나와 촛불의 빛을 희미하게 가려 버리는 듯했다. 신랑과 신부는 목사 앞에 섰다. 그러나 신부의 싸늘한 손가락은 신랑의 떨리는 손 안에서 파들거렸고 얼굴은 시체처럼 창백해져서, 누군가는 몇 시간 전에 묻힌 그 아가씨가 혼례를 올리려고 무덤에서 나왔다며 수군거렸다. 그처럼 음산한 결혼식이 또 있다면 그것은 혼례의 조종(弔鐘)을 알린 그 유명한 결혼식일 것이다.[1] 혼례식이 끝난 뒤 후퍼 씨는 마치 난로의 훈훈한 불빛처럼 손님들의 모습을 밝혀 줄 수 있었을 부드럽고 즐거운 기분으로, 막 혼례를 치른 신랑 신부의 행복을 축원하기 위하여 포도주 잔을 들어 올려 입으로 가져갔다. 그러나 그 순간 그는 거울에 비친 자신의 모습을 흘끗 보았고 그 검은 베일은 다른 모든 사람들을 압도한 공포 속으로 그 자신의 영혼마저 몰아넣었다. 그의 몸은 부들부들 떨렸고 입술은 하얗게 질렸다. 그는 채 마시지 못한 포도주를 카펫 위에 엎지르고는 어둠 속으로 쏜살같이 사라졌다. 대지도 검은 베일을 쓰고 있었기 때문이었다.

다음 날 밀퍼드 마을의 화제는 온통 후퍼 목사의 검은 베일에 관한 것이었다. 검은 베일과 그 뒤에 숨겨진 신비로움은 거리에서 만난 아는 사람들 사이에, 그리고 창문 너머로 서로 이야기를 주고받는 부인들 사이에 토론의 주제를 제공해 준 것이다. 검은 베일에 관한 이야기는 주막 주인이 손님들에게 들려주는 마을의 첫 소식이었다. 아이들도 학교 가는 길에 검은 베일에 대해서 재잘거렸다. 흉내 내기를 좋아하는 한 장난꾸러기는 검은 손수건으로 얼굴을 가리고 어찌나 격하게 친

---

1 호손 자신의 『두 번 들은 이야기(Twice-Told Tales)』(1837)에 수록된 작품 「혼례의 조종(The Wedding-Knell)」을 암시한 것이다.

구들을 겁줬는지 자신마저도 공포에 사로잡혀 스스로 혼쭐이 나기도 했다.

그 교구의 주제넘고 남의 일에 참견하기 좋아하는 모든 사람들 가운데 단 한 사람도 후퍼 씨에게 왜 그런 행동을 취하는지 물어보려 하지 않았다는 것은 이상한 일이었다. 지금까지는 그처럼 참견할 만한 일이 조금만 있어 보여도 그에게 조언을 하는 사람들이 늘 있었고 후퍼 목사도 그들의 판단을 기꺼이 받아들이곤 했다. 만일 그가 잘못하는 일이 있다면 그것은 지나친 자기 불신에서 비롯된 것이었고, 따라서 남이 자신을 조금만 비판해도 그는 아무것도 아닌 사소한 일까지 죄악으로 생각할 정도였다. 그의 이런 사랑스러운 약점을 잘 알면서도 교구 사람 어느 누구도 검은 베일을 우정 어린 충고의 대상으로 삼으려고 하지 않았다. 솔직히 고백할 수도 없고 잘 감출 수도 없는 어떤 두려움이 그 의무를 서로 딴사람에게 떠넘기고 있었던 것이다. 마침내 그들은 그 문제가 더 큰 물의를 일으키기 전에, 검은 베일의 신비에 관해 후퍼 목사와 담판을 지을 교회의 대표단을 파견하는 것이 좋겠다고 생각했다. 그러나 그처럼 임무 수행에 실패한 대표단은 일찍이 예를 찾아볼 수 없을 정도였다. 목사는 그들을 예를 갖추어 친절히 맞아들였지만 그들이 자리에 앉은 후에는 계속 침묵을 지켰다. 결국 후퍼 씨는 그들 스스로 중요한 임무를 발설하도록 모든 부담을 방문객들에게 떠넘겨 버렸다. 그들의 문제는 사실 분명한 것이었다. 후퍼 씨의 이마에 눌러진 검은 베일이 그의 평온한 입 위의 얼굴을 모두 가리고, 때로 목사의 입에서 우울한 미소가 어른거리는 것을 그들은 보았던 것이다. 그러나 그들의 상상 속에서 그 천조각은 그의 가슴 앞에 드리워져, 그와 그들 사이의 이떤 무서운 비밀을 상징하는 것처럼 느껴지는 것이었다. 베일만 걷힌다면 그들은 자유롭게 그것에 대해서 이야기할 수 있을 것 같았지만 베일이 걷히지 않는 한 그런 일은 불가능해 보였다. 그래서 그들은 보이지 않는 시선으로 그들을 응시하는 것처럼 느껴지는 후퍼 씨의 눈으로부터 불안스럽게 움츠러들며, 말없이 혼란스러운 기분으로 한참을 그렇게 앉아 있었다. 마침내 대표단은 무안한 모습으로 교구민들에게로 돌아와서 사안이 너무 중하기 때문에 종교 회의는 아니더라도 최소한 교회 위원회에서 다루어져야 하리라고 선언할 수밖에 없었다.

그러나 그 마을에는 검은 베일이 모든 사람에게 불러일으키는 무서운 느낌에 오싹해하지 않는 한 사람이 있었다. 대표단이 아무런 설명 없이, 오히려 설명을 요구하면서 돌아왔을 때, 그녀는 차분한 용기와 힘으로, 후퍼 씨의 주위에 시시각각으로 점점 더 어둡게 몰려드는 이상한 구름을 쫓아 버리기로 결심했다. 그의 약혼녀로서 검은 베일이 감추고 있는 것이 무엇인지 알아내는 일은 그녀의 특권이기도 했다. 그래서 후퍼 목사가 처음으로 방문했을 때 그녀는 목사와 그녀 모두를 편하게 하는 단도직입적이고 솔직한 태도로 그 문제를 꺼낸 것이었다. 목사가 자리에 앉은 후 그녀는 베일을 뚫어지게 바라보았지만 그 많은 사람들을 공포로 몰아넣은 무서운 어둠 같은 것을 전혀 느낄 수 없었다. 그것은 그의 이마에서 입까지 드리워져서 숨결에 따라 가늘게 흔들리는 두 겹의 천에 불과했다.

"맞아요. 이 천조각에는, 제가 항상 보고 싶어 하는 얼굴을 가리고 있다는 것을 제외하면 두려워해야 할 게 아무것도 없네요. 자, 어서 구름 뒤에서 해가 비치도록 하세요. 먼저 검은 베일을 걷으시고 왜 그걸 쓰고 다니시는지 저에게 말씀해 주세요."

그녀는 미소를 지으며 큰 소리로 말했다.

후퍼 씨의 미소가 희미하게 어른거렸다.

"우리 모두가 베일을 걷어 버릴 시간이 올 것이오. 그때까지 내가 이 천조각을 두르고 있다 해서 나쁘게 생각하지 말아 주시오."

"당신의 말씀 자체도 뭔지 알쏭달쏭하네요. 그럼, 최소한 그 말씀대로 베일을 걷으시죠."

젊은 여인이 대꾸했다.

"나의 서약이 허락하는 한 그렇게 하리다, 엘리자베스. 이 베일은 하나의 상징과 표상으로서 밝은 빛에서나 어둠 속에서나 혼자 있을 때나 많은 사람들의 시선 앞에서나 낯선 사람들과 함께 있을 때나 친한 친구들과 함께 있을 때나 항상 쓰고 있어야 한다는 걸 알아주시오. 사람의 눈으로는 이 베일이 걷히는 것을 보지 못할 것이오. 이 음산한 베일은 나와 이 세계를 떼어 놓아야만 하오. 엘리자베스, 당신까지도 이 베일의 뒤로는 올 수 없소!"

"무슨 가혹한 불행이 닥쳤길래 당신의 눈을 영원토록 어둠으로 가려야 하는 건가요?"

그녀는 진정으로 물었다.

"만일 그것이 애도의 상징이라면 나도 아마 다른 사람들과 마찬가지로 검은 베일로 표상될 만큼 어두운 슬픔을 가지고 있을 것이오."

후퍼 씨가 대답했다.

"하지만 세상 사람들이 그것이 순수한 슬픔의 표상이라고 믿으려 들지 않으면 어떡하시겠어요?"

엘리자베스는 집요하게 다그쳤다.

"사람들로부터 사랑과 존경을 받고 계시지만 당신이 뭔가 숨겨진 죄를 의식해서 얼굴을 가리고 있다고 곧 소문이 날 거예요. 제발 당신의 성스러운 목사직을 위해서라도 이런 불명예는 피하셔야지요!"

그녀가 마을에서 이미 떠도는 소문의 성격에 대해서 완곡하게 이야기할 때 그녀의 뺨은 붉게 달아올랐다. 그러나 후퍼 씨의 온화한 모습은 변함없었다. 그는 심지어, 베일 아래의 어둠으로부터 항상 희미한 불빛처럼 어른거리며 나타나는 그 슬픈 미소를 머금기까지 했다.

"내가 슬픔 때문에 얼굴을 가린다면 충분히 그럴 만한 이유가 있는 것이고, 만일 죄 때문에 얼굴을 가린다면 어떤 인간이 그러지 않을 수 있겠소?"

그는 그렇게 대답할 뿐이었다.

이 부드러운, 그러나 굴복하지 않을 집요함으로 그는 그녀의 모든 간청에 저항했다. 마침내 엘리자베스는 말없이 앉아 있을 수밖에 없었다. 잠시 동안 그녀는 다른 어떤 의미가 없다면 아마도 정신 질환의 한 징후일 그 어두운 환각 상태로부터 연인을 구해 내기 위하여 어떤 새로운 방법을 시도해 볼 수 있을지를 생각하면서 깊은 상념에 빠진 듯싶었다. 그녀는 그보다 더 강한 성격의 소유자였지만 그녀의 뺨 위로는 눈물이 흘러내렸다. 그러나 다음 순간, 슬픔의 감정 대신 뭐랄까 새로운 어떤 느낌이 엄습했다. 그녀의 눈이 별생각 없이 검은 베일에 머물러 있던 어느 순간, 하늘에 갑작스레 퍼지는 황혼빛처럼 그 베일에 대한 공포가 그녀 주위로 밀려온 것이었다. 그녀는 떨리는 몸으로 일어나서 그 앞에 섰다.

"드디어 당신도 그걸 느낀 거요?"

슬픔에 잠긴 어조로 그가 말했다.

그녀는 아무 대답도 하지 않고 한 손으로 눈을 가리고는 방에서 나가려고 몸을 돌렸다. 그러자 그가 황급히 앞으로 와서 그녀의 팔을 붙들었다.

"엘리자베스, 나에게 인내심을 가지고 대해 줘요!"

그는 격렬히 소리쳤다.

"이 세상에서는 이 베일이 우리 사이를 가로막을 수밖에 없다 하더라도 제발 나를 떠나지 말아 주오. 내 사람이 되어 주시오. 그러면 내 얼굴 위의 베일도 없어지고 우리 두 사람의 영혼 사이에 자리한 어떤 어둠도 사라질 것이오! 그것은 이승의 베일일 따름이지 영원한 베일이 아니오! 아, 당신은 내가 이 검은 베일 뒤에서 홀로 얼마나 외롭게 두려움에 떨고 있는지 알지 못하오. 나를 이 비참한 어둠 속에 영원히 남겨 두고 떠나지 말아요!"

"한 번만이라도 그 베일을 들어올리고 제 얼굴을 보세요."

그녀가 말했다.

"안 돼! 그건 안 된다오!"

"그렇다면, 안녕히 계세요!"

그녀는 그에게서 팔을 빼내고는 천천히 발걸음을 옮겼다. 문께에 이르러 그녀는 걸음을 멈추고 검은 베일의 비밀을 거의 꿰뚫어 보는 듯한, 몸서리쳐지는 눈길로 그를 오랫동안 바라보았다. 그러나 후퍼 씨는 슬픔 속에서도 자신을 행복으로부터 떼어 놓은 것이 단지 물질적인 하나의 표상에 지나지 않는다고 자위하며 미소를 시었다. 하지만 그것은 가장 사랑하는 사람들 사이에서도 어두운 공포감을 불러일으킬 수밖에 없는 것이었다.

그 시간 이후로 후퍼 씨의 검은 베일을 벗기려 하거나 그에게 직접 호소함으로써 그것이 숨기고 있을 어떤 죄를 발견해 내려는 노력은 결코 시도되지 않았다. 보통 사람들이 가진 편견을 초월했다고 자처하는 사람들은 그것을 단순히 괴팍스러운 행동으로, 다른 점은 멀쩡한 사람들의 정상적인 행동과 다 섞이지만 그런 정상성을 비정상적인 것처럼 보이게 하는 변덕스러운 행동으로 생각했다. 그러나 대부분의 사람들에게 후퍼 씨는 유령처럼 무서운 존재가 되고 말았다. 성격이 부드럽고 겁이 많은 사람들은 그를 피하려고 비켜서고, 다른 사람들은 그와 맞닥뜨리는 것을 용기 있는 행위로 간주했기에 그는 평화로운 마음으로 거리를 다닐 수가 없었다. 후자에 속하는 사람들의 무례함 때문에 후퍼 씨는 황혼녘에 공동묘지로 다니던 일상적인 산책을 포기해야만 했다. 그가 묘지의 문에 기대어 상념에 잠겨 있을 때면 묘비 뒤쪽 여기저기에서 그의 검은 베일을 훔쳐보는 얼굴들이 늘 있었기 때문이었다. 그런데도 죽은 사람들의 눈초리가 그를 묘지로부터 몰아냈다는 그럴듯한 소문이 퍼졌다. 특히 자신의 우울한 모습이 멀리서 보이기만 해도 아이들이 즐겁게 놀다 말고 도망치는 광경을 보면 그는 가슴이 몹시 아팠다. 검은 베일에 대한 아이들의 본능적인 두려움은 그로 하여금 무엇보다도 검은 천을 엮고 있는 실 자체에 어떤 초자연적인 공포가 얽혀 있는 게 아닌가 하는 느낌을 강하게 갖게 했다. 사실상 그 베일에 대한 자신의 거부감도 매우 강했던 터라 그는 거울 앞을 지나가는 것을

늘 꺼려했고 잔잔한 샘물 위로 머리를 숙이고 물을 마시는 일
도 없었다. 평화로운 샘물의 가슴속에 비친 자기 자신의 모습
에 놀라 몸서리를 치고 싶지 않았기 때문이었다. 이러한 후퍼
씨의 태도는 그의 양심이 완전히 숨기기에는 너무 끔찍한, 혹
은 그처럼 모호하지 않은 다른 어떤 방법으로도 전달할 수 없
는, 그런 큰 죄악 때문에 스스로에게 고통을 주고 있는 것이라
는 소문을 그럴싸하게 만들어 냈다. 그리하여 검은 베일 밑으
로부터 죄 같기도 하고 슬픔 같기도 한 어떤 모호한 것이 밝은
햇빛 속으로 마치 구름처럼 퍼져 나와 그 가련한 목사를 뒤덮
어 버렸기 때문에 사랑이나 동정심은 그에게 이를 수가 없었
다. 사람들은 후퍼 씨가 베일 속에서 유령과 악마랑 어울린다
고들 말했다. 안으로는 스스로 두려움에 떨고 밖으로는 두려
움을 불러일으키면서 그는 어두운 그늘 속에서 계속 걸을 뿐
이었다. 어둠 속에서 자신의 영혼을 더듬기도 하고 온 세상을
슬프게 하는 베일을 통해 시선을 보내기도 하면서. 그러나 후
퍼 씨는 사람들의 무리를 지날 때 그들의 창백한 얼굴을 보며
여전히 슬픈 미소를 지었다.

　검은 베일의 나쁜 영향 중 한 가지 바람직한 점은 그 베일
이 그것을 쓴 사람을 유능한 성직자로 만든다는 것이었다. 그
알 수 없는 신비스러운 ― 다른 분명한 이유가 없었기 때문
에 ― 표상의 도움으로 후퍼 씨는 죄악 탓에 고뇌 속에 빠진
사람들에게 무서운 힘을 가진 존재가 된 것이다. 그의 개종자
들은 후퍼 목사가 자신들을 천국의 밝은 빛으로 인도하기 전
에 검은 베일 뒤에서 자신과 함께 있었노라고 ― 물론 비유적
이긴 하지만 ― 주장하면서 그들만의 어떤 경외감을 가지고
늘 후퍼 목사를 대했다. 사실 베일의 어둠 때문에 그는 모든

어두운 사랑의 감정에 공감할 수 있었던 것이다. 죽어 가는 죄인들은 큰 소리로 후퍼 씨를 불렀고 그가 나타나기 전에는 생명을 포기하려 들지 않았다. 그러나 후퍼 씨가 위로의 말을 속삭이려고 몸을 숙일 때면 그들은 베일을 쓴 얼굴이 그처럼 가까이 다가오는 것에 부르르 몸을 떨었다. 죽음이 얼굴을 드러내는 순간에도 검은 베일의 공포는 그처럼 컸던 것이다! 후퍼 씨의 얼굴을 볼 수 없었기 때문에 오직 그의 모습이라도 보려는 목적으로 여기저기 먼 곳에서 낯선 사람들이 그의 예배에 참석하려고 찾아왔다. 그러나 많은 사람들이 그곳을 떠나기 전에 몸을 떨어야만 했다. 벨처 주지사 시절에, 한번은 후퍼 목사가 선거 설교를 하도록 임명받은 적이 있었다. 그는 검은 베일을 쓴 채 주지사와 행정 위원과 의회 의원들 앞에 서서 설교를 했는데 그들에게 아주 깊은 인상을 남겨서, 그해에 나온 법안들은 우리 조상들의 초기 통치 시절에나 존재했던 모든 음울함과 경건함의 특징을 지닐 정도였다.

이렇게 후퍼 씨는 외부적인 행동에 있어서는 흠잡을 데 없이, 그러나 음산한 의혹 속에 싸인 채 긴 세월을 보냈다. 친절하게 사랑을 베풀면서도 사랑받을 수 없는 두려움의 대상으로, 사람들로부터 소외되어 그들이 건강하고 행복할 때는 기피를 당하면서도 그들이 절망적인 고통에 빠져 있을 때는 도움의 요청을 받으며 오랜 세월을 살아온 것이다. 세월이 흐르면서 검은 베일 위로는 백발이 내리고 그의 명성은 이제 뉴잉글랜드의 모든 교회로 널리 알려져서 사람들은 그를 후퍼 교부(教父)라고 불렀다. 그가 교회에 취임할 때 성인이었던 교구민들은 거의 대부분 세상을 떠났다. 그래서 그는 교회 안에 회중을 가지고 있을 뿐만 아니라 오히려 묘지에 더욱 붐비는 규모의 회중을 거느리고 있는 셈이었다. 이제는 그처럼 만년에 이르기까지 목사로서의 의무를 훌륭히 수행해 낸 후퍼 교부에게 쉴 차례가 온 것이다.

노목사의 임종 자리의 갓을 씌운 촛불 옆에는 몇 사람의 모습이 보였다. 그에게는 친척이 없었다. 그러나 구할 수 없는 환자의 마지막 고통을 덜어 주려 힘쓰는, 냉정해 보이지만 품위 있는 엄숙함을 지닌 의사가 있었다. 집사들과 교회의 독실한 신자들도 있었다. 그리고 죽어 가는 목사의 임종 자리에서 기도를 하기 위하여 급히 말을 타고 온 젊고 아주 경건한 웨스트베리의 클라크 목사도 있었다. 또한 임종을 위해 고용된 하녀가 아닌 간호부도 있었는데, 그처럼 오랫동안 남몰래 고독 속에서 그리고 노령의 싸늘함 속에서 조용히 사랑을 지켜 왔고 마지막 죽는 순간까지 그 사랑을 잃지 않은 여인, 바로 엘리자베스였다! 이제 후퍼 교부의 하얀 머리는 여전히 이마에 검은 베일을 두른 채 임종의 베개 위에 놓여 있었고 검은 베일은 얼굴 위로 늘어뜨려져서 점점 더 가빠지는 희미한 호흡에 따라 흔들거리고 있었다. 일생 동안 그 천조각은 그와 세상 사이에 드리워져서 친구 간의 밝은 우애와 여자의 사랑으로부터 그를 격리시켰고, 가장 슬픈 감옥인 자신의 가슴속에 그를 가둬 버렸다. 마치 그의 어두운 방의 우울함을 더욱 짙게 하고 영원의 햇빛으로부터 그를 가리려는 듯이 천조각은 여전히 그의 얼굴 위에 놓여 있었다.

얼마 전부터 그의 정신은 혼란에 빠져서 과거와 현재 사이를 불안스럽게 오가며 때때로 불분명한 미래의 세계를 방황하고 있었다. 열병 같은 발작에 그는 이리저리 몸을 뒤척였고 얼마 남지 않은 기운마저 소진해 갔다. 그러나 가장 고통스러운 발작 상태에서도, 그리고 정신이 격심하게 오락가락하는 통에 모든 생각들이 정상적인 힘을 상실한 상태에서도 그는 여전히 검은 베일이 혹시라도 미끄러져 벗겨지지나 않을까 몹시 신경을 썼다. 그러나 혼란에 빠진 정신이 비록 잊어버리더라도 그의 머리맡에는 한 충실한 여인이 있어서 그녀가 젊은 시절에 본 아름다운 모습으로, 지금 마지막으로 본 늙은 얼굴에서 고개를 돌린 채 덮어 주었을 것이다. 마침내 죽음이 임박한 노인은 정신적으로 그리고 육체적으로 탈진한 마비 상태로 조용히 누워 있었다. 맥박은 거의 느껴지지 않았고 숨결은 점점 더 희미해져 갔으며 길고 깊고 불규칙한 호흡 소리만이 그의 정신이 떠나가고 있음을 예고하는 듯했다.

웨스트베리의 목사가 침대 곁으로 다가왔다.

"경애하는 후퍼 교부님, 이제 임종의 순간이 다가왔습니다. 영원으로부터 시간을 차단하여 가두어 버린 그 베일을 거두어 올리실 준비가 이제 되었습니까?"

후퍼 교부는 처음에는 희미한 손동작만으로 응대를 했다. 그러나 다음 순간, 자신이 내보인 의미를 잘 모르지 않을까 염려 됐는지 말을 하려고 애썼다.

"그렇소, 내 영혼은 베일이 거두어질 때까지 이렇게 지쳐 가면서도 참아 온 것이요."

그는 희미한 어조로 말했다.

"그러시다면 인간이 판단을 내릴 수 있는 한 행동이나 생각에 있어서 그처럼 성스럽게, 허물 없는 삶의 표본을 몸소 보여 주시면서 오직 기도에 전념해 오신, 교부로 추앙을 받아 오신 그런 분께서 그처럼 순수한 삶을 욕되게 할 수도 있는 어두운 그림자를 당신의 기억에 남기시고 떠나가시는 게 합당한 일이겠습니까?"

클라크 목사가 그의 말을 받아 말했다.

"경애하는 형제시여, 제발 그런 일이 일어나지 않도록 해 주십시오! 교부님께서 이제 보상을 받으러 떠나시는 이 자리에, 교부님께서 승리하는 모습을 보고 저희들이 기쁨을 누리도록 허락해 주십시오. 영원의 베일이 거두어지기 전에 이 검은 베일을 교부님의 얼굴에서 벗기도록 해 주십시오!"

그렇게 말하면서 클라크 목사는 그 오랜 세월 동안 이어진 신비를 드러내기 위하여 몸을 앞으로 구부렸다. 그러나 후퍼 교부는 지켜보던 모든 사람을 경악케 하는 갑작스러운 힘을 발휘하여 이불 밑에서 두 손을 신속히 내뻗어 검은 베일 위를 꼭 눌렀다. 만일 웨스트베리의 목사가 죽어 가는 자신과 겨루려 든다면 끝까지 싸우겠다는 결연한 태도를 보이는 듯싶었다.

"안 된다오! 이 세상에서는 절대 안 된다오!"

베일을 쓴 목사는 그렇게 소리쳤다.

"참으로 불행한 분이시군요! 교부님은 자신의 영혼에 무슨 끔찍한 죄를 씌운 채로 지금 하느님의 심판대로 향하시는 겁니까?"

클라크 목사가 놀라며 외치듯 말했다.

후퍼 교부는 숨을 헐떡거렸고 목에서는 가래 끓는 소리가 들렸다. 그러나 그는 온 힘을 다하여 두 손을 앞으로 내뻗어 삶을 붙잡고, 자신의 밀을 다 마칠 때까지 삶을 계속 붙들고 있으려는 듯했다. 그는 침대에서 몸을 일으키기까지 했다. 침대에 앉아 그가 죽음의 팔에 안겨 떠는 동안 검은 베일은 일생동안 쌓아 온 공포를 마지막 순간에 농축해 보여 주기라도 하듯 끔찍한 모습으로 그의 얼굴 위에 늘어뜨려져 있었다. 그러나 그의 입가에 자주 떠돌던 희미한 슬픈 미소가 베일의 어둠 속으로부터 어른거리며 후퍼 교부의 입술 위에서 머뭇거리고 있는 것 같았다.

"당신들은 왜 나만 보면 두려워 몸을 떠십니까?"

그는 베일에 가려진 얼굴로, 창백해진 주위 사람들을 둘러보며 외치듯 말했다.

"서로를 보며 두려워하십시오! 오직 이 검은 베일 때문에 남자들은 나를 피하고 여자들은 동정심을 보이지 않고 아이들은 소리를 지르며 달아난 것입니까? 이 천조각을 그처럼 무섭게 만든 것은, 그것이 막연히 상징하는 알 수 없는 신비가 아니고 무엇입니까? 친구가 친구에게, 연인이 그가 가장 사랑하는 연인에게 속마음을 다 보여 줄 수 있을 때, 사람들이 가증스럽게 자신의 죄를 남몰래 쌓아 가며 창조주의 눈앞에서 움츠러들지 않을 수 있을 때, 바로 그때, 이제껏 내가 그 밑에서 살아왔고 죽어 간 이 상징물을 보고 나를 괴물이라고 생각하십시오! 지금 내 주위를 둘러보면, 보시오! 모든 사람들의 얼굴에 검은 베일이 드리워져 있지 않습니까!"

그의 말을 들은 사람들이 서로 겁을 먹고 두려움에 떠는 동안 후퍼 교부는 베개 위로 넘어져 베일을 쓴 채 입가에 희미한 미소를 띄우며 이 세상을 떠났다. 사람들은 그를 관에 눕혔고 베일로 얼굴을 가린 시신을 그대로 무덤까지 옮겨 갔다. 오랜 세월 동안 그 무덤 위에서는 풀들이 자라났다가 시들었고, 묘비에는 이끼가 꼈으며 후퍼 씨의 얼굴은 흙으로 돌아갔다. 그러나 그 얼굴이 검은 베일 밑에서 썩어 갔을 것을 생각하면 지금도 오싹해진다.

젊은 굿맨 브라운

젊은 굿맨[2] 브라운은 해질녘에 세일럼 마을의 길거리로 나섰다. 그런데 문간을 나서면서 젊은 아내와 작별의 키스를 나누려고 몸을 돌렸다. 페이스[3]라는 이름이 잘 어울리는 그의 아내가 예쁜 머리를 길 쪽으로 내밀며 굿맨 브라운을 부를 때 그녀의 모자에 달린 분홍빛 리본이 바람에 나부꼈다.

"여보."

그녀는 부드럽게, 그러나 약간 슬픈 어조로, 입술을 그의 귀에 바짝 대며 속삭였다.

"제발 내일 아침 해뜰 때까지 이번 여행을 미루시고 오늘 밤은 집에서 주무시도록 하세요. 여자가 혼자 있으면 이런저런 산란한 생각들 탓에 때로는 자신이 두려워질 때가 있거든요. 여보, 일 년 삼백예순다섯 날 밤 중에 오늘 밤만은 제발 저랑 함께 있어줘요, 네?"

---

2   '굿맨'은 자작농 신분의 사람에 대한 경칭으로 '젠틀맨'보다 한 단계 아래다.

3   '페이스(faith)'는 영어로 '믿음, 신앙'의 뜻인데, 여기선 상징적 의미를 지닌다.

"사랑하는 나의 페이스."

굿맨 브라운이 대답했다.

"일 년 삼백예순다섯 날 밤 중에 오늘밤만은 어쩔 수 없이 당신과 떨어져 있을 수밖에 없소. 당신이 여행이라고 했는데, 그게 지금부터 내일 아침 해뜰 때까지, 그 사이에 다녀와야 하는 여행길이니 말이오. 아니, 이렇게 귀엽고 사랑스러운 당신이 벌써 나를 의심한단 말인가, 이제 결혼한 지 석 달밖에 안 됐는데."

"그러시다면 하느님의 축복을 빌겠어요. 건강히 잘 돌아오시길 바랄게요."

분홍빛 리본이 바람에 나부끼는 가운데 페이스가 말했다.

"아멘!"

굿맨 브라운은 큰 소리로 외치며 말을 이었다.

"여보. 기도 잘 드리고 어두워지면 잠자리에 들어요. 아무 일 없을 테니 걱정 말고."

그리하여 그들은 헤어졌다. 굿맨 브라운은 교회에 이르러 모퉁이를 막 돌면서 뒤를 돌아보았다. 분홍빛 리본은 여전히 바람에 나풀대고 있었지만 그의 뒷모습을 지켜보는 그녀의 얼굴에는 우울함이 깃들어 있었다.

"가련한 페이스!"

아내를 생각하니 그는 가슴 저미는 아픔을 느꼈다.

'이런 일로 페이스를 두고 떠나야 하다니 말도 안 되는 인간이지. 아내는 꿈 이야기도 했잖아. 그러고 보니 그 꿈이 오늘 밤 일어날 일에 대해서 그녀에게 뭔가 경고라도 한 듯이, 꿈 이야기를 할 때 아내의 얼굴엔 근심이 차 있었어. 안 되지, 안 돼. 그녀는 그런 일을 생각만 해도 죽고 말 거야. 그래, 페이스는 하느님의 축복을 받은 지상의 천사야. 오늘 밤 이 일만 끝나면 아내의 옷자락에 매달려 천국까지 그녀를 따라갈 테다.'

앞날에 대해 이런 훌륭한 결의를 다지자 굿맨 브라운은 한결 가벼운 마음이 되어 오늘 밤의 이 사악한 목적을 위하여 발걸음을 재촉했다. 그는 음울하기 짝이 없게 버티고 선 나무들로 어두워진 황량한 숲길로 들어섰는데, 나무들이 하도 촘촘히 들어찬 터라 마치 좁은 오솔길이 간신히 기어 나가도록 앞을 터 주고는 곧 뒤를 막아 버리는 듯했다. 정말이지 그 숲길은 너무 고독하게 느껴졌다. 그런데 그 고독함은 수많은 나무기둥과 짙게 드리운 나뭇가지 뒤에 누가 숨어 있는지 도저히 알 수 없는 미묘한 느낌을 주는 것이었다. 그래서 숲길을 걸어가는 나그네는 혼자 외롭게 나아가면서도 보이지 않는 수많은 사람들 사이를 통과하는 것 같은 느낌을 가질 듯싶었다.

"저 나무들 뒤편마다 악마 같은 인디언들이 숨어 있을지도 모르겠군."

굿맨 브라운은 그렇게 혼잣말을 하고는 두려운 시선으로 뒤돌아보며 덧붙였다.

"악마가 바싹 가까이 나타나면 어떡하지?"

그는 머리를 돌린 채 구부러진 숲길을 통과했다. 그가 시선을 다시 앞으로 돌렸을 때 오랜 고목 밑에 앉아 있는 엄숙하고 점잖은 옷차림을 한 사람의 모습이 보였다. 그는 굿맨 브라운이 다가오자 자리에서 일어서더니 그와 함께 나란히 걷기 시작했다.

"자네 좀 늦었군, 굿맨 브라운. 내가 보스턴을 지나올 때 올드 사우스 교회 시계 종이 울렸는데 그게 족히 십오 분은 되었으니 말일세."4

그가 말을 건네자 굿맨 브라운은 예기치 않은 일이 아니었음에도 그 사람이 그처럼 갑자기 나타났다는 사실에 당황해서 약간 떨리는 목소리로 대답했다.

"페이스 때문에 좀 지체하느라 늦어졌습니다."

숲은 이제 아주 어두워져 있었고, 두 사람이 걷는 숲길은 그중에서도 가장 깊은 곳이었다. 여러모로 살펴보건대 이 두 번째 나그네는 오십 정도의 나이에, 굿맨 브라운과 비슷한 지위의 사람인 듯싶었다. 그리고 얼굴 모습보다는 표정에서 더 그런 편이었지만, 굿맨 브라운과 아주 닮은 모습이라 두 사람은 마치 아버지와 아들처럼 보일 정도였다. 그는 굿맨 브라운처럼 옷차림도 검소하고 태도도 단순해 보였으나 뭐랄까 세상 물정을 훤히 아는 듯한, 만일 필요해서 주지사와 만찬을 함께하거나 윌리엄 왕5의 궁정에 들어갈 일이 있다 해도 당황해하지 않을 것 같은 느낌을 주는, 말로 표현하기 어려운 묘한 분위기가 그에게는 있었다. 그러나 그의 모습에서 분명하게 눈길을 끄는 물건은 크고 검은 뱀의 형상을 한 지팡이였는데 아주 기묘하게 만들어져서 마치 살아 있는 뱀처럼 뒤틀고 꿈틀거리는 것처럼 보였다. 물론 어슴푸레한 빛 탓에 그렇게 보이는 착시 현상 때문이었을 것이다.

"이보게, 굿맨 브라운."

그의 동행자가 말했다.

---

4   보스턴에서 세일럼까지는 육십오 리 남짓한 거리이므로 그 거리를 십오 분 만에 왔다는 건 그 노인에게 초능력이 있다는 점을 암시한다.

5   영국의 왕 윌리엄 3세(1689~1702년까지 재임)를 가리킨다.

"여행의 출발치고는 너무 느리구먼. 그렇게 곧 지칠 것 같으면 이 지팡이를 쥐게."

"이보십시오."

굿맨 브라운은 느린 발걸음을 아예 멈추며 말했다.

"여기서 영감님을 만나기로 한 약속을 이행하였으니 이제 제가 떠나온 곳으로 되돌아가야겠습니다. 영감님도 잘 알다시피 그 일이 영 마음에 걸립니다."

"그래?"

뱀의 형상을 한 지팡이를 쥔 노인은 미소를 거두며 대답했다.

"우리 걸어가면서 한번 차분히 이야기해 보자고. 만일 그래도 납득이 가지 않는다면 되돌아가도 좋네. 이제 숲 속에 막 들어선 것 아닌가."

"너무 깊이, 너무 깊이 들어선 거죠!"

굿맨 브라운은 그렇게 외치면서도 자기도 모르게 다시 걷기 시작했다.

"제 아버지는 이런 일로 숲 속에 가 보신 적이 없었고 제 할아버지도 마찬가지셨죠. 저희 집안은 영국에서의 순교 시절 이래로 정직하고 독실한 기독교 집안이지요. 그런데 제가 브라운 가문에서 처음으로 이런 숲길을 걸으면서……."

"나 같은 사람하고 동행할 수 있겠나, 그렇게 말하려는 거겠지."

노인은 그가 중단한 말을 메꾸어 주면서 말을 이었다.

"굿맨 브라운, 자네 말 잘했네! 나로 말하면 이곳 청교도들 그 누구보다도 자네 집안을 잘 알고 있지. 그리고 그 사실은 결코 사소한 것이 아닐세. 나는 경관이었던 자네 할아버지가 세일럼 큰길을 누비며 퀘이커교도 여인을 채찍질할 때 옆에서 거들었다네. 그리고 필립 왕 전쟁[6] 때 자네 아버지가 인디언 부락에 불을 지르도록 관솔가지에 화롯불을 붙여 자네 아버지한테 갖다 준 것도 나였다네. 자네 할아버지와 아버지 모두 내 친한 친구였지. 이 숲길을 따라 수없이 즐겁게 여행을 하고 자정이 넘어 함께 돌아오기도 했지. 그들을 위해서도 자네와 기꺼이 친구가 되고 싶네."

"만일 말씀대로라면 할아버지나 아버지가 그런 일들에 대해서 일언반구도 없었던 게 이상하군요."

굿맨 브라운이 대답했다.

"아니, 이상할 게 없죠. 만일 그 비슷한 소문만 났어도 그분들은 뉴잉글랜드에서 쫓겨났을 테니까 말이죠. 우리 집안은 독실한 교인인 데다가 선행을 베풀고, 그런 사악한 짓은 용인하지 않을 사람들입니다."

"글쎄 그게 사악한 건지 아닌 건진 모르겠네만."

뒤틀린 지팡이를 쥔 노인이 말했다.

"난 여기 뉴잉글랜드에 아는 사람이 아주 많다네. 수많은 교회의 집사들이 나와 함께 성찬식 포도주를 마셨고, 여러 고을의 의원들이 나를 의장으로 추대하고, 매사추세츠 의회의 대다수 의원들은 내 절대적인 지지자들이고, 주지사와 나와 또…… 하지만 이건 일급비밀이어서 말할 수 없군."

"아니 그게 사실이라는 말입니까?"

굿맨 브라운은 놀란 시선으로, 조금도 동요하는 모습을

6　필립 왕은 인디언 추장에 대해 붙인 이름으로 필립 왕 전쟁은 영국군과 인디언 사이에 일어난 전쟁이다.

보이지 않는 이 차분한 동행자를 바라보며 물었다.

"어쨌든 전 주지사니 의회니 하는 것들과는 아무 상관이 없습니다. 그 사람들에겐 각기 사는 방식이 있을 테고 그건 저 같은 일개 농부와는 상관이 없는 일입니다. 하지만 제가 만일 영감님과 동행하게 된다면 어떻게 세일럼 마을에 돌아가서 훌륭한 우리 목사님의 눈을 마주 볼 수 있겠습니까? 일요일이나 성경 공부하는 날, 목사님의 목소리가 저를 얼마나 두려움에 떨게 하겠습니까?"

노인은 줄곧 엄숙한 표정으로 이야기를 경청하더니 이 대목에 이르자 우스워 죽겠다는 듯 갑자기 폭소를 터뜨렸다. 그러면서 어찌나 몸을 흔들어 대던지 뱀 같은 지팡이가 그 기분에 맞추어 실제로 마구 꿈틀대는 것 같았다.

"하! 하! 하!"

그는 한참이나 큰 소리로 웃더니 이윽고 몸을 다시 가다듬고는 말을 이었다.

"그래, 계속하게, 굿맨 브라운. 계속하게. 하지만 제발 나를 웃겨 죽이지는 말게."

"그렇다면 아예 결론을 말씀드리겠습니다."

굿맨 브라운은 상당히 화가 나서 톡 쏘듯 대답했다.

"제 아내 페이스 때문입니다. 이런 일을 알면 아마 그녀의 심장은 터져 버릴지도 모릅니다. 차라리 제 심장이 터지는 게 낫지요."

"아니 그게 이유라면 자네 갈 길을 그대로 가게, 굿맨 브라운."

노인이 대답한다.

"지금 우리 앞에서 절뚝거리며 걸어가는 저 노파 같은 사람들 스무 명에게 어떤 해가 닥친다 해도 페이스에게는 어떤 해로운 일도 일어나지 않을 걸세."

그렇게 말하면서 노인은 지팡이로 숲길을 앞서가는 한 여자를 가리켰는데, 굿맨 브라운은 그 여인이 어렸을 적 자신에게 교리 문답을 가르쳐 주었고, 지금도 목사님과 구킨 집사랑 함께 자신의 도덕적인 정신적 조언자 역할을 하는 매우 신앙심 깊고 모범적인 바로 그 여인이라는 것을 확인할 수 있었다.

"정말 놀라운 일이군. 구디 클로이스가 이 밤중에 이 숲 속 깊은 곳에까지 와 있다니."

그는 말을 이었다.

"영감님이 허락하신다면 우리가 이 독실한 부인을 앞지를 때까지 저는 숲을 질러갔으면 하는데요. 부인은 영감님을 모를 테니까, 제가 누구랑 동행해서 어디로 가는지 저한테 물어볼 거라는 말입니다."

"그렇게 하게. 자넨 숲을 질러가고 나는 길을 따라 그냥 가겠네."

그렇게 해서 굿맨 브라운은 방향을 바꾸었지만 그의 동행자가 길을 따라 스르르 걸어가서 노파와 지팡이 하나 거리까지 접근하는 것을 주의 깊게 지켜보았다. 한편 그 여자는 나이든 노파로 보기엔 이상하리만치 빠른 걸음으로 바삐 걸어가면서 뭐라고 분명치 않은 말을 줄곧 중얼대고 있었는데 분명 기도인 듯싶었다. 노인은 지팡이를 내밀어, 마치 뱀 꼬리처럼 보이는 지팡이 끝으로 그녀의 쭈글쭈글한 목을 건드렸다.

"이 악마야!"

독실한 노파가 소리를 질렀다.

"그렇다면 구디 클로이스가 옛 친구를 알아본다는 말이

로군?"

노인은 그렇게 말하며 노파를 마주 보면서 꿈틀거리는 지팡이에 몸을 기대었다.

"아니, 어르신 아니세요?"

노파가 큰 소리로 말했다.

"정말이지 저의 옛 친구 굿맨 브라운, 멍청한 젊은이 굿맨 브라운의 할아버지인 그 굿맨 브라운의 모습으로 나타나셨군요. 그런데 어르신, 믿을 수 있어요? 아니 글쎄 제 빗자루가 묘하게 사라져 버렸다고요. 아마도 아직 목숨이 붙어 있는 마녀 구디 코리가 훔쳐 간 것 같은데, 더구나 제가 야생 셀러리 즙에, 양지꽃에, 늑대의 독즙을 섞어 바르고 있었는데도 말이에요."

"거기에다 고운 밀가루와 갓난아기의 비곗살을 섞어서 말이지."

굿맨 브라운의 모습을 한 노인이 말을 받는다.

"참, 어르신은 그 비법을 아시죠."

노파가 깔깔대며 큰 소리로 웃었다.

"그래서 말씀드린 대로 모임에 갈 준비가 다 됐는데 타고 갈 말은 없고, 그래서 이렇게 걸어가기로 마음먹었죠. 오늘 모임에는 근사한 젊은이 한 사람이 참석하기로 되어 있다더군요. 어르신이 저에게 팔을 좀 빌려주시면 눈 깜짝할 사이에 거기에 도착할 텐데."

"그렇게 하긴 어렵고, 내 팔을 빌려줄 수는 없지만 원한다면 내 지팡이가 여기 있소, 구디 클로이스."

그렇게 말하면서 노인은 지팡이를 노파의 발치로 던졌다. 그러자 옛날에 이집트 마술사들에게 건네준 막대기가 그랬던 것처럼, 그 지팡이는 살아 움직이는 듯했다.[7] 하지만 굿맨 브라운은 이 사실을 알아차리지 못했다. 그가 놀라서 시선을 위로 향했다가 다시 내렸을 때는 구디 클로이스도 지팡이도 보이지 않고 동행자 노인만 혼자서 아무 일도 일어나지 않은 것처럼 차분히 그를 기다리고 있었다.

"저 부인께서 저에게 교리 문답을 가르쳐 주셨죠."

굿맨 브라운의 이 간단한 한마디 말에는, 제법 깊은 의미가 담겨 있었다.

그들은 계속해서 걸었다. 그러는 동안 노인은 그의 동행자에게 빨리 그리고 꾸준히 걷도록 계속 독려를 했는데, 그는 자신의 뜻을 아주 적절한 말로 전달해서 그것이 마치 자기가 전한 것이라기보다는 그 말을 듣는 사람의 가슴속에서 저절로 솟아오른 것처럼 느끼게 했다. 그들이 걷는 동안 노인은 지팡이로 쓰려고 단풍나무 줄기 하나를 꺾어서 저녁 이슬에 젖은 잔가지들을 잘라 내기 시작했다. 그의 손가락들이 젖은 가지들에 닿는 순간, 그 가지들은 기묘하게 시들면서 일주일이나 햇볕에 말린 것처럼 바싹 메말라 버리는 것이었다. 그렇게 두 사람은 경쾌한 걸음으로 잘 걸어갔는데 음울한 분지에 이르자 굿맨 브라운은 갑자기 나무 그루터기에 주저앉더니 더 이상 가지 않겠노라고 버텼다.

"영감님."

그는 완강하게 말했다.

"이제 결심을 했습니다. 이 일로는 한 발짝도 더 움직이

---

7 구약 성경 「출애굽기」 7장 9절부터 12절까지에 나오는 이야기를 빗대어 말하고 있다.

지 않겠습니다. 저는 그 부인이 친국을 향해 가고 있다고 믿었는데 빌어먹을 악마한테 가 버렸으니 어찌 된 것입니까? 그게 제가 사랑하는 페이스를 버리고 그 노파를 따라가야 할 이유가 될 것 같습니까?"

"차츰 생각이 달라질 걸세."

노인은 침착하게 말했다.

"여기 앉아서 잠시 쉬게. 그리고 다시 걷고 싶을 때 이 지팡이가 도움이 될 걸세."

노인은 더 이상 말없이 동행자에게 단풍나무 지팡이를 던지고는 짙어 가는 어둠 속으로 빨려 들어가듯 순식간에 시야에서 사라졌다. 젊은이는 길가에 잠시 앉아 이제 자신이 아침 산책길에서 얼마나 맑은 양심으로 목사님을 대할 수 있을 것이며 구킨 집사의 시선에도 전혀 움츠러들 필요가 없으리라는 걸 생각하면서 스스로에게 큰 박수를 보냈다. 그리고 그처럼 사악하게 지새울 뻔했지만, 이제 페이스의 팔에 안겨 순결하고 달콤하게 보낼 수 있을 그날 밤의 잠은 얼마나 평온할 것인가를 생각했다. 그가 이런 즐겁고 훌륭한 명상에 잠겨 있을 때 길을 따라 말발굽 소리가 들려왔다. 지금은 행복하게도 사악한 목적에서 벗어났지만 그를 이 숲까지 오게 한 그 일을 생각하면서 그는 숲 안쪽으로 몸을 숨기는 게 좋겠다고 생각했다.

말발굽 소리와 함께 사람의 목소리도 들렸는데 근엄하고 나이 든 두 사람이 점잖게 이야기를 나누는 목소리가 점점 가까워졌다. 이 소리는 젊은이가 숨어 있는 곳과 불과 몇 미터밖에 떨어지지 않은 거리에서 지나가는 듯 들렸는데 그곳의 어둠이 워낙 짙은 터라 사람도 말도 전혀 보이지 않았다. 그들의 모습이 길가의 나뭇가지들을 스치고 지나갔지만 그들이 가로질러 왔을 밝은 하늘의 한 자락으로부터 한순간이나마 희미한 빛줄기 한 가닥조차 가로채지 못한 것처럼 아무것도 보이지 않았다. 굿맨 브라운은 몸을 웅크리기도 하고 발뒤꿈치를 들기도 하면서 나뭇가지들을 젖히고 머리를 있는 대로 내밀어 보기도 했지만 그들의 그림자조차 볼 수 없었다. 그를 더욱 안달 나게 한 것은, 그럴 수가 있을까 싶지만, 분명 그 목소리는 성직 서임식이나 성직자 회의에 참석하러 떠날 때 늘 그러듯이 천천히 걸으면서 이야기를 나누는, 바로 목사님과 구킨 집사의 목소리였기 때문이었다. 아직 말소리가 들리는 거리에서 그들 중의 한 사람이 나뭇가지를 꺾으려고 잠깐 멈춰 섰다.

"목사님, 성직 서임식 만찬과 오늘 밤의 이 모임 둘 중에서 저는 차라리 서임식 만찬을 포기하겠습니다."

구킨 집사의 목소리가 들렸다.

"사람들이 그러는데 우리 교인들이 팔머스와 그 너머에서, 그리고 코네티컷 주와 로드아일랜드 주에서까지도 몇 사람이 이 모임에 오고, 게다가 인디언 주술사들도 상당수 참석한다는데 그들 나름대로 우리들 중에 제일 뛰어난 사람들 못지않게 많은 주술들을 안다는군요. 더구나 아주 참한 젊은 여자 한 사람이 집회에 나온다지요."

"잘됐군요, 구킨 집사님."

목사의 엄숙하고 점잖은 목소리가 말을 받았다.

"서둘러 갑시다. 잘못하면 늦겠소. 아시다시피 내가 그곳에 도착하기 전에는 아무 일도 시작할 수 없으니까요."

말발굽 소리가 다시 덜커덕거리고, 그처럼 이상하게 허공에서 주고받던 목소리들이 숲 속으로 곧 사라져 버렸다. 교회의 집회가 열려 본 적도 없고 기독교인 한 사람도 기도해 본

적이 없을 그런 숲 속으로. 그렇다면 이 싱스러운 사람들이 이 교도의 황야, 아주 깊숙한 어딘가로 도대체 어찌 여행을 할 수 있단 말인가? 젊은 굿맨 브라운은 무겁게 짓눌리는 가슴을 주체하기 어려워 땅바닥에 까무러쳐 버릴 것만 같아서 나무를 붙들고 몸을 의지했다. 그는 정말 천국이 저 위쪽에 있는지 의심을 하며 하늘을 쳐다보았다. 그러나 하늘엔 푸른 궁륭이 펼쳐져 있고 그 속에서 별들이 밝게 빛나고 있었다.

"하늘엔 천국이 있고 땅 위엔 페이스가 있으니 악마에 대항해서 굳게 싸우리라."

굿맨 브라운은 그렇게 소리쳤다.

그가 짙은 천체의 궁륭을 올려다보며 기도를 하려고 두 손을 들어 올리자 바람도 없는데 어디선가 구름이 나타나 천정(天頂)을 가로질러 흐르더니 밝게 빛나는 별들을 가려 버렸다. 그 검은 구름 덩어리가 북쪽으로 빠르게 몰려가는 머리 바로 위쪽을 제외하고는 그래도 파란 하늘이 드러나 보였다. 머리 위쪽 허공에서, 마치 구름 한가운데에서 울리듯이 정체불명의 이상야릇한 목소리들이 들려왔다. 처음에는 분명 마을 사람들, 성찬식 식탁에서도 만나고 선술집에서 떠들어 대는 것을 본 적도 있는, 경건한 사람들과 불경스러운 사람들, 남자와 여자 들, 그가 잘 아는 모든 마을 사람들의 목소리처럼 들렸다. 그러나 다음 순간에 그 소리들은 희미해졌고 그저 바람도 없이 속삭이는 숲 속의 웅얼거림을 잘못 들은 게 아닌가 싶은 생각이 들기도 했다. 그러자 다시 한 번 더 크게, 그 귀에 익은 목소리들이, 밝은 대낮에 세일럼 마을에서 늘 듣던, 그러나 지금까지 밤의 구름 속에서는 한 번도 들어 본 적이 없는 그 목소리들이 들려왔다. 그중에서 슬픔을 호소하는 듯한 젊은 여자의 목소리가 들렸다. 무슨 슬픈 일인지는 몰라도 어떤 괴로움 탓에 도움을 청하는 애처로운 목소리였다. 그리고는 보이지 않는 많은 무리의 사람들, 성자나 죄인들 모두가 그녀를 앞으로 나오게 하려고 격려하는 것 같았다.

"페이스!"

굿맨 브라운은 고통과 절망의 목소리로 부르짖었다. 그러자 마치 혼란에 빠진 비참한 무리들이 온통 황야를 누비며 그녀를 찾는 듯 숲의 메아리가 그의 목소리를 흉내 내어 '페이스! 페이스!' 하고 부르짖는 것이었다.

비탄과 분노와 공포의 외침이 밤하늘을 뚫고 나갈 때 불행한 남편은 숨을 죽이고 그 외침에 대한 응답을 기다렸다. 어두운 구름이 물러가고 굿맨 브라운의 머리 위로 다시 맑고 조용한 밤하늘이 드러날 때, 무슨 비명 소리가 들렸으나 이내 더 큰 웅얼대는 소리들에 묻히더니 멀리서 들리는 웃음소리 속으로 사라져 갔다. 그 순간 뭔가가 하늘에서 나풀대더니 나뭇가지에 걸리는 것이었다. 젊은이는 얼른 그것을 움켜쥐었다. 그것은 분홍빛 리본이었다.

"내 페이스는 이제 떠났구나!"

그는 잠시 멍하니 있다가 소리쳤다.

"이 땅 위엔 선이란 없어. 죄라는 이름일 뿐 이 땅엔 없는 거지. 악마야, 오너라. 그래 이 세상은 온통 네 것이다."

절망감에 미쳐서 한참을 큰 소리로 웃고는 굿맨 브라운은 지팡이를 움켜쥐고 다시 길을 떠났는데 그 속도가 어찌나 빠른지 걷거나 달린다기보다는 숲길을 따라 날아가는 것처럼 보였다. 길은 점점 더 거칠고 황량해지다가 자취마저 희미해지더니 드디어 사라져 버렸고, 이제 어두운 황야의 한가운데 홀로 남겨져 그는 사람을 악으로 인도하는 충동의 힘으로 계속 앞을 향해 내달렸다. 나무들이 삐걱거리는 소리, 짐승들의 울음소리, 인디언들이 외치는 소리, 온 숲은 이런 무시무시한 소리들로 가득했다. 그러다가 때로는 바람 소리가 멀리서 울려오는 교회 종소리처럼 들리기도 했고 또 때로는 마치 온 삼라만상이 그를 조롱하듯이 그 주위에서 함성을 일으키기도 했다. 그러나 그 자신이 그 장면에서 가장 무서운 형상을 하고 있었고 주위의 다른 공포스러운 것들로부터 조금도 움츠러들지 않았다.

"하! 하! 하!"

굿맨 브라운은 바람이 그를 조롱할 때 자신도 큰 소리로 부르짖었다.

"그래, 누가 더 큰 소리로 웃는지 겨뤄 보자고. 주술 따위로 나를 겁주려는 생각은 아예 하지도 마라. 마녀야 나오너라, 마술사야 나오너라, 인디언 주술사야 나오너라, 악마 네 자신도 나오너라, 여기 굿맨 브라운이 나가신다. 굿맨 브라운이 너를 두려워하듯 너도 그를 두려워하는 게 좋을걸."

정말이지 유령들이 출몰하는 모든 숲 속에서 굿맨 브라운의 모습보다 더 끔찍한 모습은 없었다. 그는 검은 소나무들 사이로 날아가듯 돌진하며 미친 듯한 동작으로 지팡이를 마구 휘둘러 대면서 영감처럼 떠오르는 불경스럽고 끔찍한 말들을 마구 내뱉기도 하고, 숲의 메아리가 모든 악마들이 그를 둘러싸고 웃어 대는 것처럼 들리도록 큰 소리로 마구 웃어 젖히기도 했다. 악마의 본모습은, 악마가 사람의 가슴속에서 날뛸 때보다는 덜 끔찍해 보이는 것이다. 이 악마에 씐 젊은이는 그렇게 내달리다가 나무들 사이에서 떨리듯 타오르는 붉은 불빛이 보이는 장소에 이르렀다. 그 불빛은 숲 속 공터의 쓰러진 나무줄기나 가지에 불을 피워, 그 화염이 한밤중의 하늘로 퍼져 올라가는 모습과 같았다. 그는 자신을 계속 몰아붙인 태풍, 그 후의 고요함 같은 상태에서 잠시 쉬면서, 많은 목소리들에 실려 멀리서 엄숙하게 밀려오는 찬송가 같은 소리가 점점 커지는 것을 느꼈다. 그것은 그가 아는 선율이었다. 마을 공회당의 찬양대가 부르는 귀에 익은 노래였던 것이다. 노랫소리가 차츰 무겁게 사라져 가고 합창의 화음이 뒤를 이었는데, 그것은 사람의 목소리로 이루어진 것이 아니라 밤의 황야의 온갖 소리가 무시무시한 조화를 이루며 퍼지는 그런 화음이었다. 굿맨 브라운은 소리를 질렀다. 그러나 그의 외침은 황야의 그것과 섞여 하나가 됐고 자신의 귀에는 들리지 않았다.

침묵이 진행되는 동안 그는 불빛이 눈에 환히 비치는 곳까지 살금살금 다가갔다. 숲의 어두운 벽으로 둘러싸인 공터의 한쪽 끝에는 자연 상태로 제단 혹은 설교단 비슷하게 생긴 바위 하나가 솟아 있었는데 그 바위 주위로는 마치 저녁 모임 때의 촛불처럼 줄기는 그대로인 채 꼭대기 부분만 불타는 네 그루의 소나무가 둘러 있었다. 그리고 바위 꼭대기에 드리워진 무성한 나뭇잎들은 모두 불붙은 채로 밤하늘 높이 타오르며 온 공간을 너울너울 밝혔고 늘어진 가지며 길게 처진 잎들도 온통 불타고 있었다. 붉은 불빛이 오르내리며 너울댈 때마다 수많은 사람들의 모습이 환히 드러났다가는 다시 그늘로 사라지고 다시 또 어둠 속으로부터 살아나면서 황량한 숲의 한복판은 금세 사람들로 가득 차곤 했다.

"근엄하고 점잖은 옷차림들을 하고 있군."

굿맨 브라운이 중얼거렸다.

그건 사실이었다. 어두워졌다 밝아졌다 하는 불빛에 드러나는 모습들에는 내일이면 지방 의회 석상에 나타날 얼굴도 보였고, 일요일마다 성스러운 설교단에 서서 경건하게 하늘을 올려다보기도 하고 자애롭게 회중을 내려다보기도 하는 사람들의 얼굴도 보였다. 누군가는 주지사 부인이 거기에 와 있다고 주장하기도 했다. 적어도 주지사 부인이 잘 알 만한 귀부인들, 훌륭한 남편의 부인들, 수많은 과부들, 평판이 아주 좋은 노처녀들, 엄마한테 들키지나 않을까 떨고 있는 아리따운 젊은 아가씨들은 많이 와 있었다. 갑작스레 어두컴컴한 곳을 확 밝히는 강한 불빛 때문에 망연해진 굿맨 브라운이 착시를 한 것이 아니라면, 그는 유달리 경건하기로 소문난 세일럼 마을의 교인 스무 명 남짓의 모습을 확인하기도 했다. 구킨 집사는 이미 도착하여 그가 존경하는 성스러운 목사님 곁에서 기다리고 있었다. 그런데 불경스럽기 짝이 없게도 이 엄숙하고 독실한 교인으로 소문난 사람들, 교회 장로들, 정숙한 부인들, 꽃다운 처녀들과 아주 방탕한 삶을 사는 남자들, 평판이 나쁜 여자들, 온갖 죄악에 물들고 끔찍한 범죄의 용의자로 의심받기까지 하는 비열한 인간들이 함께 어울려 있었다. 그런데 이상한 것은 훌륭한 사람들이 사악한 사람들을 전혀 피하지 않고 죄인들이 성인들 앞에서 조금도 부끄러워하지 않는 것이었다. 영국의 마술이 알지 못하는 끔찍한 주술로 숲을 이따금 공포로 몰아넣는 인디언 주술사들도 그들의 적인 백인들과 함께 아무렇지도 않게 섞여 있었다.

"하지만 페이스는 어디에 있단 말인가?"

굿맨 브라운은 그런 생각을 하면서 페이스에 대한 희망이 가슴에 차오르자 몸을 떨었다.

그들은 또 다른 찬송가를 불렀는데, 그것은 경건한 사랑을 노래한 느리고 애조를 띤 곡이었지만 우리의 본성이 죄에 대하여 생각할 수 있는 모든 것 그리고 그 이상의 것을 어둡게 암시하는 내용이었다. 평범한 인간에게 악마의 가르침이란 참으로 알 수가 없는 것이다. 노래는 계속 이어졌고 숲 속의 합창도 웅장하고 깊은 오르간 소리처럼 사이를 두고 퍼져 나갔다. 음울한 찬송가가 마지막으로 울려 퍼질 즈음에 요란한 소리가 들렸다. 마치 노호하는 바람 소리, 세차게 흐르는 계곡 물소리, 짐승들의 울부짖음 그리고 변함없이 황량한 숲 속의 모든 소리들이 만물의 왕에게 경배하는 죄인의 목소리와 뒤섞이고 합쳐져서 내뿜는 소리 같았다. 불타오르는 네 개의 소나무에서는 불꽃이 더 높이 치솟아 오르면서 그 사악한 무리들 위로 연기의 화환을 이루며 무시무시한 얼굴과 형상들을 어렴풋이 드러내 보였다. 그와 동시에 바위 위의 불이 벌겋게 퍼져 나오면서 기단 위로 아치 모양을 이루더니 바로 그쪽에서 한 모습이 나타났다. 정중히 이야기를 하는 바이지만 그 모습은 옷차림에 있어서나 전체적인 태도에 있어서 뉴잉글랜드 교회들의 엄숙한 목사들과는 조금도 비슷한 데가 없었다.

"개종자들을 데리고 나오라!"

그렇게 외치는 목소리가 공터에 메아리치며 숲 속으로 퍼져 나갔다.

그 소리에 굿맨 브라운은 나무 그늘에서 앞으로 나와 회중으로 다가갔다. 그는 자신의 가슴속에 남긴 모든 사악함으로 그들에게 공감함으로써, 역겹기는 하지만 그들과 형제애 같은 것을 느끼지 않을 수 없었다. 그러자 분명 돌아가신 아버지의 모습을 한 사람이 연기로 이뤄진 화환 쪽에서 내려다보며 그에게 앞으로 나아가도록 손짓을 했고, 한편 희미하게 절 망적인 모습을 한 어느 여인은 손을 내밀어 그에게 물러가도 록 경고를 하는 것이었다. 그 여자가 어머니라는 말인가? 그 러나 그는 생각 속에서나마 저항을 한다거나 한 걸음이라도 물러설 만한 힘이 없었다. 그때 목사와 구킨 집사가 그의 팔을 붙들고 불타오르는 바위 쪽으로 그를 인도해 갔다. 바위 쪽으 로는 또한 베일을 쓴 가냘픈 한 여자가 경건한 교리 문답 선생 인 구디 클로이스와 악마로부터 지옥의 여왕이 되도록 약속 을 받은 마사 캐리어의 인도를 받아 다가오고 있었다. 마사 캐 리어는 정말이지 고약한 마귀 할멈 같은 여자였다. 그렇게 해 서 개종자들은 불의 아치 아래 모두들 서게 되었다.

"나의 아이들아, 형제자매들이 모인 이 자리에 오게 된 것 을 환영하노라."

검은 형상의 모습이 말했다.

"너희들은 이토록 일찍 너희들의 본성과 운명을 찾게 된 것이다. 나의 아이들아, 뒤를 돌아보아라!"

그들은 뒤돌아섰다. 불길 속에서 갑자기 환히 드러나듯 악마 숭배자들의 모습이 보였다. 그들 모두의 얼굴에는 환영 의 미소가 어둡게 비치고 있었다.

"모두들 너희들이 어려서부터 존경해 온 사람들이다."

검은 형상의 모습이 말을 계속했다.

"너희들은 그들이 네 자신들보다 더 성스럽다고 생각했 고, 그들의 올바르고 천국을 향한 경건한 열망으로 이루어진 삶을 네 자신들의 죄와 비교해 보면서 늘 움츠러들었지. 그러 나 그들이 나를 숭배하는 이 모임에 다 와 있지 않느냐. 오늘 밤 그들의 숨겨진 행동들을 너희들에게 알려 주마. 백발이 성성한 교회의 장로들이 집안의 하녀들에게 음탕한 말을 속삭이고, 수많은 여자들이 과부의 상복을 입고 싶어 안달이 난 나머지 잠자리에서 남편에게 약을 먹여 그들의 팔 속에서 영원히 잠들게 하고, 귀때기에 피도 마르지 않은 젊은 아이들이 서둘러 아버지의 유산을 물려받고자 탐내고, 아름다운 아가씨들이 ─ 그래, 얼굴 붉힐 것 없다. ─ 정원에 조그만 무덤을 파고 몰래 치른 갓난애의 장례식에 나를 유일한 조객으로 초대했던 일들을 말이다. 너희들 인간의 마음속의 죄에 대한 공감으로, 너희들은 교회에서건, 침실에서건, 길거리에서건, 들판에서건, 숲 속에서건, 죄악이 행해지는 모든 장소를 그 냄새로 다 알아내게 될 것이고, 이 온 세계가 하나의 큰 죄의 얼룩, 하나의 큰 핏자국임을 깨닫고 기뻐하게 될 것이다. 그러나 그것으로 끝나는 것은 아니다. 모든 사람들의 가슴속에서 죄의 깊은 신비를, 인간의 힘으로, 아니 나의 모든 힘으로도 모조리 행동으로 나타낼 수 없는 그런 사악한 충동들을 계속 공급하는 모든 사악한 술책의 원천을 꿰뚫어 보는 일이 너희들의 할일인 것이다. 자, 나의 아이들아, 이제 서로 마주 보거라."

그들은 서로 마주 보았다. 그 순간 지옥을 밝히는 듯한 횃불의 불길 옆에서 그 비참한 젊은이는 페이스를, 아내는 그녀의 남편을, 그 불경스러운 제단 앞에서 떨며 마주 본 것이다.

"그래, 나의 아이들아."

검은 형상은 절망적인 음울함으로, 슬픔까지 느끼게 하는 깊고 엄숙한 어조로 말했다. 마치 한때는 천사였던 그의 본성이 아직도 인간의 비참함을 애도하기라도 하듯이.

"서로서로의 가슴에 의지해서 너희들은 아직도 미덕이라는 것이 꿈만은 아니라고 희망해 왔을 것이다. 그러나 이제 너희들은 그 미망에서 깨어난 것이다. 악은 인간의 본성이다. 악은 너희들의 유일한 행복이 될 수밖에 없는 것이다. 나의 아이들아, 같은 형제자매들이 모인 이 자리에 온 것을 다시 한 번 환영하노라."

"환영하오."

악마의 숭배자들이 절망과 승리감이 섞인 하나의 목소리로 되받아 말했다.

그렇게 두 사람은, 이 어두운 세계의 사악함의 경계선에서 아직도 망설이는 듯한 유일한 한 쌍의 모습으로 거기에 서 있었다. 그 바위에는 자연적으로 움푹한 구덩이가 파여 있었다. 구덩이에 담긴 것이 불빛에 벌게진 물인가, 아니면 피인가, 그것도 아니면 액체로 된 불길인가? 그 검은 악의 형상은 구덩이에 손을 담그고, 그들이 행동에 있어서나 생각에 있어서나 자기 자신의 숨겨진 죄악보다는 다른 사람들의 숨겨진 죄악을 더 의식하며 악의 신비를 공유할 수 있도록 그들의 이마에 세례의 자국을 남길 준비를 했다. 남편은 창백해진 아내에게, 페이스는 남편에게 눈길을 던졌다. 이제 다음번의 눈길은 그들이 드러내 보인 것과 그들이 본 것에 모두 몸서리치며 서로서로에게 얼마나 비참하게 오염된 모습을 보여 줄 것인가!

"페이스! 페이스!"

남편이 외쳤다.

"하늘을 올려다봐요, 그리고 사악함을 물리쳐요!"

페이스가 그의 말을 따랐는지 어쨌는지 그는 알 수가 없었다. 그 말을 끝내자마자 그는 고독한 밤의 정적 속에서 숲속으로 무겁게 사라져 가는 바람 소리를 듣고 있는 자신을 발견했기 때문이었다. 그는 비틀거리며 바위에 몸을 의지했다.

바위는 차고 축축했다. 온통 불타오르던 늘어진 나뭇가지가 이제는 그의 뺨에 찬 이슬을 뿌렸다.

다음날 아침 젊은 굿맨 브라운은 당혹한 사람처럼 주위를 살피며 세일럼 마을 거리로 천천히 걸어 들어왔다. 목사님은 아침의 식욕도 돋우고 설교 구상도 할 겸 묘지 옆을 따라 산책하다가 브라운과 마주치자 그에게 축복을 보냈다. 그러나 그는 저주받은 물건을 피하듯 그 성자로부터 몸을 움츠리며 피했다. 구킨 집사는 마침 심방 중이어서 그의 경건한 기도 소리가 열린 창문을 통해 들렸다.

"저 마귀가 무슨 신에게 기도를 하는 것일까?"

굿맨 브라운은 그렇게 중얼거렸다. 훌륭한 신자인 구디 클로이스는 그녀 집의 창가에 서서 이른 햇살을 받으며 아침 우유 한 파인트를 가져온 어린 소녀에게 교리 문답을 가르치고 있었다. 굿맨 브라운은 마치 악마에게 맞서듯 그녀에게서 소녀를 얼른 낚아챘다. 교회 모퉁이를 돌아서자 분홍빛 리본이 달린 페이스의 머리가 보였다. 그녀는 걱정스럽게 앞을 보고 있다가 그의 모습을 보자 기쁨에 어쩔 줄 몰라 하며 길을 따라 깡충깡충 뛰어와서 사람들이 보는 앞에서 남편에게 키스를 하려고 했다. 그러나 굿맨 브라운은 근엄하고 슬픈 시선으로 그녀를 보고는 인사도 하지 않고 그냥 지나쳐 갔다.

숲에서 잠이 든 굿맨 브라운이 그저 마녀 모임의 악몽을 꾼 것일까?

그래, 그렇다고 하자. 하지만 옳지, 그 꿈은 젊은 굿맨 브라운에게는 너무나 흉몽이었다! 그 끔찍한 꿈을 꾼 밤부터 그는 완전히 절망하진 않았더라도 근엄하고, 슬프고, 어두운 생각에 잠기고, 모든 것을 불신하는 아주 딴사람이 되어 버린 것이다. 일요일 교회에서 사람들이 찬송가를 부를 때면 그는 그 찬송가를 들을 수가 없었다. 죄악의 찬양 노래가 귀에 큰 소리로 덮쳐 와서 성스러운 찬송가의 선율을 묻어 버리는 까닭이었다. 목사가 설교대에서, 펼쳐진 성경 위에 손을 얹고 힘차고 열정적인 목소리로 기독교의 신성한 진리에 대하여, 성스러운 삶과 영광스러운 죽음에 대하여, 그리고 미래의 축복이나 말로 표현할 수 없는 비참함에 대하여 이야기할 때면 굿맨 브라운은 금방이라도 지붕이 내려앉아 그 불경스러운 자와 그의 말을 듣는 사람들에게 천벌이 내리지나 않을까 두려워 얼굴빛이 창백해지곤 했다. 또한 이따금 갑자기 한밤중에 잠이 깨면 그는 페이스의 가슴에서 흠칫 몸을 빼냈다. 그리고 아침이나 저녁에 가족들이 무릎을 꿇고 기도를 할 때면 그는 얼굴을 찡그리고 혼자 중얼거리며 근엄한 시선으로 아내를 바라보고는 얼굴을 돌려 버렸다. 그리하여 그는 한참을 더 산 후에 백발의 노인으로 죽음을 맞아 장지로 옮겨졌는데, 이제 노파가 된 페이스, 자식들과 손자들 그리고 적잖은 이웃들까지 꽤 많은 사람들이 장례 행렬을 이루어 갔다. 하지만 그들은 굿맨 브라운의 비석에 아무런 희망의 글귀 하나 새겨 넣을 수가 없었다. 그는 끝내 음울함 속에서 죽어 갔으므로.

미를 추구하는 예술가

늦수그레한 한 노인이 아름다운 딸의 팔을 끼고 길을 따라 걷고 있었다. 그들은 구름으로 덮여 어두워진 저녁의 거리로 부터 걸어 나와 조그만 가게의 창문에서 새어 나오는 불빛이 보도를 가로질러 비치는 밝은 곳에 이르렀다. 가게의 창문은 밖으로 약간 튀어나와 있었는데 창문 안쪽에는 모조금, 은과 금으로 만든 갖가지 시계들이 마치 몇 시쯤 되었는지 알고 싶어 하는 나그네에게 인색하게 굴듯이 전부 가게 안쪽을 향해 걸려 있었다. 가게 안의 창문 옆쪽으로는 한 젊은이가 앉아 있는 모습이 보였다. 창백한 얼굴의 젊은이는 고개를 숙인 채, 갓을 씌운 램프의 불빛을 한곳으로 모은 밝은 자리에서 아주 섬세해 보이는 기계 조각 같은 물건을 놓고 정신을 쏟고 있었다.

"오웬 워랜드가 뭘 하고 있는 거지?"

은퇴한 시계 제조공이자 지금 무슨 일을 하고 있는지 궁금증을 자극하는 바로 그 젊은이의 옛 주인이기도 한 피터 호벤든 영감이 중얼거렸다.

"저 친구가 도대체 뭘 하는 걸까? 지난 반년 동안 이 가게 앞을 지날 때면 항상 저 일에 몰두해 있단 말이야. 영원히 움직이는 어떤 것을 만들어 보겠다는 바보짓에서 한술 더 뜨는 것 같은데. 내 지식과 경험으로 미루어 봐서, 저 친구가 지금 열심히 하는 일은 시계 장치와 상관없는 일이 분명한데 말이야."

"오웬이 새로운 종류의 시계를 고안해 내는 중인가 보죠, 아버지. 그만한 창의력이 있잖아요?"

애니가 그 일에 별 관심이 없다는 듯이 말했다.

"허, 얘야. 저 친구의 창의력이라는 건 장난감이나 만들어 내는 게 고작일 게다."

오웬 워랜드의 비정상적이고 묘한 재능 때문에 자주 속을 태웠던 그녀의 아버지가 대답했다.

"그런 창의력은 골칫거리일 뿐이지! 그 창의력의 결과가 뭐였니? 내 가게의 제일 좋은 시계들을 다 망쳐 놓은 것이었잖아. 조금 전에 말한 대로 만일 저 친구의 창의력이 아이들 장난감보다 더 큰 어떤 것을 만들어 낼 수 있다면, 저 친구는 태양을 궤도에서 이탈시켜 모든 시간의 흐름을 뒤죽박죽으로 만들어 놓으려고 할 거다!"

"쉿, 조용히 하세요, 아버지. 다 듣겠어요!"

애니는 아버지의 팔을 누르며 속삭였다.

"오웬의 귀는 그의 감정만큼이나 예민하잖아요. 조그만 소리에도 방해를 받는다는 걸 아버지도 잘 아시면서 그래요. 자, 어서 가요, 아버지."

그렇게 해서 피터 호벤든과 그의 딸 애니는 더 이상 아무 말 없이 터덕터덕 걸어갔다. 그러다가 그들의 발길은 뒷골목 대장간의 열린 문 앞에 이르렀다. 대장간 안의 철 가마에서는 풀무의 큰 가죽 주머니가 바람을 들이마셨다 내뿜었다 할 때마다 불길이 벌겋게 치솟으며 어둡고 높은 지붕을 환히 비추다가 다시 불길이 잦아지면 석탄이 뿌려진 좁은 바닥 공간만을 밝히기도 했다. 불이 환히 비칠 동안에는 대장간의 구석구석에 있는 물건들이며 벽에 걸린 편자들이 다 드러나 보였지만 불길이 잦아들 때면 불빛은 광막한 공간 한가운데서 가물대고 있는 것처럼 보였다. 이런 벌건 불빛과 어둠이 교차하는 사이에서 움직이는 대장장이의 모습이 보였는데 그것은 마치 밝은 불빛과 어두운 밤이 서로에게서 그들의 당당한 힘을 빼앗아 내려는 듯이 싸우는, 빛과 어둠이 얽힌 한 폭의 그림을 아주 돋보이게 하는 모습이었다. 이윽고 대장장이는 석탄불에서 하얗게 달아오른 쇠막대기를 끄집어내더니 그것을 모루 위에 놓고 힘센 팔뚝을 들어 올려 망치로 내리쳤다. 그러자 불똥들이 그의 몸을 감쌌다.

"자, 봐라, 얼마나 보기 좋은 모습이냐."

늙은 시계 제조공이 말했다.

"금을 가지고 하는 일은 내 잘 알지. 하지만 결국 다 해 보고 나면 쇠를 가지고 하는 일이 더 좋은 거야. 대장장이는 현실에, 실체에 힘을 쏟는 자가 아니더냐. 애니, 네 생각은 어떠냐?"

"제발 그렇게 큰 소리로 이야기하지 마세요, 아버지. 로버트 댄포스가 듣겠어요."

애니가 속삭였다.

"들으면 어떠냐? 다시 말하거니와 자신의 힘과 현실에 의존하는 건 아주 건강하고 좋은 일이지. 대장장이처럼 자신의 튼튼한 맨 팔로 벌어먹고 사는 게 얼마나 좋으냐. 시계 제조공은 시계태엽 안에 휘말리듯 머리가 혼란스러워지고, 내 경우처럼 건강과 그 좋던 시력을 잃어서 중년만 좀 지나도 일을 못하는 무용지물이 되고, 그렇다고 편안히 먹고살 만큼 벌어 놓을 수도 없는데 말이다. 그래서 또 이야기하건대 자기 힘으로 벌어먹고 사는 게 좋다는 거지. 그렇게 되면 쓸데없는 생각 같은 것은 다 사라지고 말 테니까! 대장장이가 저 오웬 워랜드처럼 이상한 바보짓을 한다는 말을 들어 본 적 있니?"

"말씀 잘 하셨습니다. 호벤든 아저씨!"

로버트 댄포스가 지붕까지 쩌렁쩌렁 울리게 하는 크고 깊고 명랑한 목소리로 가마 앞에서 소리쳤다.

"그 말씀에 대해서 애니 양은 어떻게 생각하나요? 편자나 석쇠를 달구어 만드는 일보다 숙녀용 시계를 만들어 내는 일을 더 점잖게 생각할 테죠."

애니는 대답하지도 않고 아버지를 끌어당겨 그 자리를 떠났다.

그러나 우리는 오웬 워랜드의 가게로 돌아가서, 피터 호벤든이나 오웬의 옛 동창생인 로버트 댄포스, 어쩌면 호벤든 영감의 딸인 애니까지도 그런 사소한 문제를 따져 보기에 적당하다고 생각하는 것보다 좀 더 오랜 시간을 그의 과거와 성격에 대하여 할애해 보아야 할 것 같다. 그의 조그만 손가락이 가까스로 주머니칼을 쥘 수 있게 된 아주 어린 시절부터 오웬은 아주 놀랄 만큼 섬세한 재능을 발휘하여 때로는 꽃이나 새 모양의 아름다운 목각품을 만들어 내기도 했고 때로는 알 수 없는 어떤 신비스러운 기계 장치를 만들어 내려고 애쓰기도 했다. 그러나 그는 유용한 물건을 흉내 내어 만들려고 한 적은 한 번도 없었고 항상 우아한 아름다움 그 자체를 목표로 삼은 듯했다. 그는 다른 아이들처럼 창고 모퉁이에 조그만 풍차를 짓거나 동네 개울을 가로질러 물레방아를 만들어 세우지도 않았다. 그 아이의 독특한 재능을 발견하고 그를 유심히 관찰해 본 사람들이라면 개가 새들이 나는 모양이나 조그만 동물들의 동작에서 나타나는 자연의 아름다운 움직임을 모방하려고 애썼다는 사실을 알 수 있었다. 사실 그것은 아름다움에 대한 사랑을 새로이 표현하려는 시도라 할 만한 것이었는데, 그를 시인이나 화가나 조각가로 만들 수 있었을 특성이었다. 그리고 그것은 그림이나 조각에서 가능한, 모든 실용적인 조야함으로부터 완전히 정련된 순수한 것이었다. 그는 일반적인 기계 장치의 딱딱하고 규칙적인 동작에 대하여 이상한 혐오감을 가지고 있었다. 한번은 사람들이 기계 원리에 대한 그의 직관적인 이해력을 충족시켜 줄 수 있으리라 생각하고 그를 데려가서 기관차를 보여 준 적이 있었는데, 그때 그는 마치 흉악한 어떤 괴물을 보기라고 한 것처럼 얼굴이 창백해지고 구역질을 해 댔다. 그때의 공포는 쇳덩어리 기관차의 엄청난 크기와 힘 때문이기도 했을 것이다. 왜냐하면 오윈의 정신적 특성은 그의 조그만 체구와 조그만 손의 섬세한 힘에 걸맞게 세세한 것에 강렬하게 이끌리는 미시적인 성향인 까닭이었다. 그렇다고 해서 그의 미적 감각이 예쁜 것에 대한 감각으로만 축소된 것은 결코 아니었다. 미의식이란 크기와 무관한 것으로, 무지개의 원호로 측정해야 할 광활한 수평선에서나 현미경으로 들여다보아야 할 아주 작은 공간에서나 동일하게 완전히 표현될 수 있는 것이다. 그러나 어쨌든 그의 목표나 성취에 있어서 이 특유의 세세함은, 그렇지 않았을 경우에 충분히 가능했을 그의 천재성에 대한 세인의 정당한 인정을 가로막았다. 그래서 그 아이의 친척들은 그의 이상한 창의성이 통제되어 실용적인 목적에 활용될 수 있기를 바랐고, 그를 시계 제조공의 도제로 보내는 것이 가장 좋은 방법이라고 생각했다. —— 아마도 그건 사실이었을 것이다.

이 도제에 대한 피터 호벤든의 생각은 이미 이야기한 바 있다. 그는 그 아이를 어떻게 해 볼 수가 없었다. 비밀스러운 시계 제조 기술에 대한 오웬의 이해력은 상상할 수 없을 정도로 빠른 게 사실이었다. 그러나 그는 시계 제조라는 직업의 가장 중요한 목적을 완전히 잊어버리거나 무시했고 시간이 영겁으로 합쳐지기라도 한 것처럼 시간의 측정에 대해서는 무관심했다. 하지만 오웬은 강성이 아니었던 터라 늙은 선생의 지도를 받는 동안에는 엄격한 지시와 철저한 감독으로 그의 괴팍한 창의력을 일정하게 통제할 수가 있었다. 그러나 도제 기간이 끝나고 피터 호벤든이 나빠진 시력 때문에 그 조그만 가게를 물려주게 되었을 때 사람들은 '시간'이라는 '눈먼 아버지'를 매일매일 인도해 가기에 오웬 워랜드가 얼마나 부적절한 인물인지를 깨닫게 되었다. 그의 가장 합리적인 계획 중 하나는 삶의 모든 거친 불협화음이 음악적인 것이 되는, 덧없이 지나가는 한순간 한순간이 아름다운 화음의 방울이 되어 과거라는 심연으로 떨어져 내릴 수 있도록 음악적으로 조작하여 시계의 기계 장치와 연결하는 것이었다. 만약에 가정용 시계를 —— 여러 세대에 걸쳐 수많은 사람들의 인생을 측정함으로써 인간의 본성과 거의 유사해진 아주 오래된 큰 시계 같은 —— 고쳐 달라고 그에게 맡기면 그는 그 엄숙한 시계판에 경쾌한 모양으로 열두 개의 즐거운 무도회상을 차리거나 우울한 모양으로 열두 개의 음울한 장례 행렬을 마련했다. 이런 종류의 엉뚱한 행위가 거듭됨에 따라 오웬은 시간을 이 세상에서의 번영과 발전의 매체로 보거나 내세에 대한 준비로 보거나 결코 가볍게 다루어서는 안 된다고 굳게 믿는 한결같이 사무적인 사람들에게 시계 제조공으로서의 신용을 완전히 잃어버리게 되었다. 그리하여 그의 고객은 급격히 줄어들었다. 그러나 오웬 워랜드는 그런 불행을 아마도 다행스러운 불행이라고 생각했을 것이다. 왜냐하면 이제 그는 자신의 모든 과학적 지식과 손재주를 동원할 비밀스러운 작업에 더욱더 몰두하고 특유의 천재적인 성향을 최대한으로 발휘할 수 있게되었기 때문이었다. 그런 작업은 벌써 여러 달째 계속되었다.

늙은 시계 제조공과 그의 아름다운 딸이 거리의 어둠 속에서 그를 지켜보다 사라진 후 오웬 워랜드는 가슴이 뛰고 온 신경이 펄떡거려서 일을 계속할 수가 없었다. 그가 하는 그런 섬세한 작업을 계속하기에는 그의 손이 너무 심하게 떨렸던 것이다.

"바로 애니였잖아!"

그는 중얼거렸다.

"그녀 아버지의 목소리를 듣기 전에, 이 뛰는 가슴만으로도 이미 그녀라는 걸 알 수 있었을 거야. 아, 가슴이 너무 뛰는구나! 오늘 밤엔 이 일을 다시 계속할 수가 없을 것 같군. 애니! 사랑하는 애니! 당신은 내 가슴과 손을 꼭 붙들어 줘야 하오, 이렇게 마구 흔들지 말고. 내가 아름다움의 정신, 바로 그것을 형태로 만들어서 움직이게 하려는 것은 오직 당신을 위해서라오. 오, 이 뛰는 가슴아, 진정해 다오! 내 작업이 이렇게 어긋나면 오늘 밤에 몽롱하고 어수선한 꿈을 꾸게 될 것이고, 그러면 내일은 정신을 가눌 수가 없을 테니까."

그가 애써 마음을 가다듬고 다시 일을 시작하려 했을 때 가게 문이 열리더니 건장한 체구의 한 사나이가 들어섰다. 대장간의 빛과 어둠 속에서 움직이는 모습을 보고 피터 호벤든이 탄복해 마지않던 바로 그 대장장이 로버트 댄포스였다. 댄포스는 최근에 오웬이 제작을 주문해서 자신이 직접 만든 기묘한 모양의 조그만 모루를 가져온 것이었다. 오웬은 그 물건을 찬찬히 살펴보더니 자신이 원한 대로 잘 만들어졌노라고 말했다.

"그렇겠지. 대장장이로서는 무슨 일이든지 해낼 수 있다고 자부하고 있네. 이런 손 가지고 자네가 하는 그런 일엔 젬병이겠지만 말이야."

로버트 댄포스는 마치 베이스비올 같은 묵직한 목소리로 가게를 가득 채우며 말했다. 그는 자신의 커다란 손을 오웬의 섬세하고 조그만 손 옆에 나란히 놓아 보고는 웃으며 덧붙였다.

"하지만 그러면 어떤가? 자네가 도제 시절 이후 쏟아부은 모든 힘보다 내가 망치로 한 번 내리칠 때 쓰는 힘이 더 클 텐데 말이야. 안 그런가?"

"아마 그렇겠지."

오웬이 여린 목소리로 나직이 말했다.

"힘이란 세속적인 괴물 같은 거지. 난 힘 있는 체하고 싶지 않아. 나에게 만일 힘이 있다면 그건 완전히 정신적인 거지."

"그런데 오웬. 자네 뭘 하고 있는 건가?"

그의 옛 동창생인 댄포스가 여전히 기운찬 목소리로 물었다. 그 목소리가 너무 기운차서, 더욱이 그 질문이 자신의 상상력을 사로잡은 꿈과 같은 신성한 문제에 관한 것이어서 오웬을 움찔하게 했다.

"사람들이 그러는데 영원한 움직임인가 뭔가를 발견해

내려고 한다며?"

"영원한 움직임이라고? 말도 안 되는 소리!"

오웬 워랜드는 혐오감을 나타내듯 몸을 움츠리며 대답했다. 그는 아주 민감하게 감정을 표현하는 편이었다.

"그건 결코 발견될 수가 없어. 그건 물질에 정신이 혼미해진 사람들을 현혹시키는 하나의 꿈이야. 난 그런 꿈에 현혹되지 않아. 게다가 그런 발견이 가능하다 하더라도 그 비밀을 증기니 수력이니 하는 것들에 의하여 달성되는 그런 실용적 목적을 위해 활용하려고 한다면 그런 발견은 시도할 가치가 없는 거지. 난 새로운 방적 기계를 만들어 낸 아버지로 존경받고 싶은 야망 따위는 없는 사람일세."

"자네가 그렇게 되면 정말 재미있겠군!"

대장장이는 그렇게 말하면서 어찌나 큰 소리로 웃음을 터뜨렸는지, 오웬과 작업대 위에 놓인 종 모양의 유리그릇들까지 함께 떨릴 정도였다.

"하지만 걱정 말게, 오웬! 자네 아이들이 쇠 관절과 쇠 근육을 타고나지는 않을 테니까. 자, 이제 자네를 더 방해하고 싶지 않네. 잘 있게, 오웬, 성공을 비네. 만일 모루를 망치로 내리치는 그런 도움이 필요하거든 언제든지 부탁하게. 기꺼이 돕겠네."

그러고는 다시 한 번 웃으면서 힘센 사나이는 가게를 떠났다.

"참으로 이상하네."

오웬 워랜드는 손으로 머리를 괴고는 혼자 중얼거렸다.

"나의 모든 생각들, 나의 목적들, 아름다움에 대한 나의 열정, 아름다움을 창조할 수 있는 힘 — 이 속세의 거인은 이해할 수 없을 더 섬세하고 영묘한 그 힘에 대한 나의 의식, 이 모든 것들이 로버트 댄포스와 마주치기만 하면 공허하고 하찮게 보이니 말이야. 댄포스를 자주 만나야 한다면 난 미쳐 버릴지 모르지. 그의 강하고 무자비한 힘이 내 안에 있는 정신적 요소를 어둡게 하고 혼란스럽게 만드는 거야. 하지만 나도 내 나름으로 강해져야지. 결코 댄포스에게 굴복하지 않을 거야."

그는 유리판 아래서 아주 조그만 기계 장치를 꺼내 램프의 불빛을 한군데로 모은 곳에 놓았다. 그러고는 확대경을 통해 그 기계 장치를 자세히 들여다보면서 아주 섬세한 강철 도구를 사용하여 작업을 계속했다. 그러나 다음 순간 그는 의자에 털썩 주저앉으며 두 손을 꽉 쥐었다. 그의 조그만 얼굴을 거인 못지않게 인상적으로 보이게 하는 공포에 질린 표정이 그의 낯으로 확 번졌다.

"맙소사! 내가 무슨 짓을 한 거지?"

그는 외쳤다.

"그 부질없는 공상, 그 무자비한 힘의 영향이, 로버트 댄포스의 영향이 나를 혼란에 빠뜨려서 나의 지각을 흐려 놓은 거야. 처음부터 내가 두려워했던 바로 그 일격을, 그 치명적인 일격을 당한 거야. 이젠 다 끝났어. 몇 달에 걸친 노고도 내 삶의 목표도 모두 끝났어. 아, 이젠 파멸이로구나!"

램프의 불빛이 차츰 가물거리다가 그를 어둠 속에 남겨둘 때까지, 그 미를 추구하는 예술가는 이상한 절망감에 빠진 채 그렇게 앉아 있었다.

그렇게 해서, 상상의 세계 속에서 자라나 그처럼 아름다워 보이고 이 세상의 그 무엇보다도 더 값져 보이던 생각들이 현실에 노출되고 부딪혀 산산조각이 난 것이었다. 생각의 표현을 추구하는 예술가는 그 섬세함과는 양립하기 어려워 보이는 강한 힘을 소유해야 한다. 좀처럼 믿으려 들지 않는 세상 사람들이 그들의 철저한 불신을 무기로 공격해 올 때 그는 자신에 대한 확고한 믿음을 지켜야 하며, 스스로 자신의 재능과 그 재능이 지향하는 목표의 철저한 추종자가 되어 인류 전체에라도 맞서 대항해야 하는 것이다.

얼마 동안 오웬 워랜드는 이 가혹한, 그러나 불가피한 시련에 굴복을 한 것이었다. 계속 손으로 턱을 받친 채 몇 주일이고 실의에 빠져 있던 터라 마을 사람들은 그의 얼굴을 보기조차 힘들었다. 마침내 그가 밝은 햇빛을 향해 다시 얼굴을 쳐들었을 때 그 얼굴에는 뭐라고 표현하기 어려운 차고 둔감한 변화가 나타나 있었다. 그러나 피터 호벤든의 의견으로는, 그리고 인생이란 시계처럼 무거운 추의 움직임으로 통제되어야 한다고 생각하는 현명한 사람들의 의견에 따르면 그 변화는 전적으로 바람직한 것이었다. 실제로 오웬은 이제 시계 제조업에 열심히 몰두했다. 그가 무감각하고 엄숙한 표정으로 낡고 큰 은시계의 톱니바퀴들을 열심히 들여다보고 있는 모습은 보기에 참으로 이상했다. 그러나 그렇게 함으로써 그 시계를 자신의 삶의 한 부분처럼 주머니에 넣고 다니며 아끼는, 남에게 맡기는 것조차 꺼려하는 시계 주인의 마음을 흐뭇하게 할 수 있었던 것이다. 이처럼 좋은 평판을 얻게 된 덕분에 오웬 워랜드는 마을 교회의 첨탑 시계를 손질해 달라는 부탁까지 받게 되었다. 그는 모든 사람의 공익을 위한 이 일을 아주 훌륭히 해내서 상인들은 퉁명스럽게나마 자기들의 거래에 도움을 주는 그의 공을 인정하게 되었고, 간호원들은 정확한 시간에 병실의 환자에게 약을 먹이며 그를 칭찬했고, 연인들은 정확한 시간에 만날 수 있어서 그를 축복했으며, 마을 사람들은 정확한 저녁 식사 시간을 지킬 수 있어서 그에게 감사해했다. 한마디로 말하면 그의 영혼을 누르는 커다란 무게는, 자기 자신의 체계에서만이 아니라 교회 시계의 쇠 종소리가 들리는 어느 곳에서라도 모든 것에 질서를 부여하고 있는 것이었다. 그는 은수저에 이름이나 머리글자를 새겨 달라는 부탁을 받으면 여태까지 이런 경우에 그의 두드러진 특징이었던 다양한 환상적인 장식을 일체 생략하고 필요한 글자만을 가장 평범한 스타일로 써넣었는데, 이런 변화는 사소해 보이긴 하지만 그의 현재 상태를 가장 특징적으로 보여 주는 것이었다.

이런 다행스러운 변화가 계속되던 어느 날, 피터 호벤든 영감이 그의 옛 도제를 찾아왔다.

"오웬, 사방에서 자네 칭찬하는 소리를 들으니 기쁘네. 특히 자네를 칭찬하며 매시간 하루 스물네 번 울리는 저 마을 시계 소리를 들으면 아주 기분이 좋네."

그가 말했다.

"나뿐만이 아니라 누구라도, 게다가 자네 자신까지도 이해할 수 없는, 아름다움에 대한 그 엉뚱한 바보 같은 생각만 없애 버리면, 그런 생각에서 자네 자신을 해방시킬 수만 있다면, 자네 인생은 저 대낮 햇빛처럼 성공이 보장된 거지. 이런 식으로 계속해 나간다면 내 귀한 이 옛날 시계를, 내 딸 애니만을 빼놓고 내게는 이 세상에서 가장 값진 이 시계를 자네한테 손질해 달라고 부탁할 수도 있네."

"제가 감히 그 시계에 손을 댈 수 있겠습니까, 선생님?"

오웬은 의기소침한 목소리로 대답했다. 옛 스승과 이렇게 다시 함께 있는 것이 몹시 부담스러웠기 때문이었다.

"아니 이제 곧, 이제 곧 그렇게 될 수 있을 걸세."

옛 스승이 말했다.

늙은 시계 제조공은 옛 스승으로서의 자연스러운 태도로 오웬이 지금 하고 있는 일이며 진행 중인 다른 일들을 자유롭게 살펴보고 있었다. 그러는 동안 젊은 예술가는 고개를 거의 숙이고 있었다. 이 노인의 차갑고 상상력을 결여한 현실적 지혜만큼 그의 성격과 맞지 않는 것은 없었다. 그 지혜와 마주치기만 하면 물리적 세계의 아주 견고한 물질만을 제외하고 모든 것이 한낱 꿈으로 변하고 마는 것이었다. 오웬의 정신은 신음하며 그에게서 해방되기만을 간절히 바라고 있었다.

"아니, 이게 뭐지?"

피터 호벤든이 먼지 낀 종 모양의 유리그릇을 들어 올리며 갑자기 소리쳤다. 유리그릇 아래로는 나비의 해부도 모형처럼 아주 조그맣고 섬세한 기계 같은 것이 보였다.

"여기 있는 게 뭔가? 오, 오웬! 이 조그만 고리와 바퀴와 주걱 들에는 마술이 담겨 있는 게 아닌가. 이보게! 내 손가락으로 이것들을 으깨서 자네를 마술의 위험으로부터 구해야겠네."

"제발, 절 미치게 하고 싶지 않으시면 그걸 건드리지 마십시오!"

오웬 워랜드는 놀랄 만큼 힘차게 벌떡 일어서며 고함을 질렀다.

"조금이라도 손가락으로 누르시면 전 영원히 파멸하고 말 겁니다."

"오호, 이 젊은이! 그게 정말인가?"

늙은 시계 제조공은 세속적인 통렬한 비판으로 오웬의 영혼에 고통을 가할, 꿰뚫는 듯한 날카로운 시선으로 그를 바라보며 말했다.

"그렇다면 자네 마음대로 하게나. 하지만 다시 한 번 경고하는데 이 조그만 기계 장치 속에는 자네의 악령이 살아 있네. 그 악령을 내가 쫓아내 주면 안 되겠나?"

"제 악령은 바로 당신입니다."

오웬이 몹시 흥분해서 대답했다.

"당신과 이 거칠고 가혹한 세상 말입니다! 당신이 나에게 씌운 무거운 생각들과 절망감이 바로 나의 장애물이었습니다. 그 장애물만 아니었으면 내가 해야 할 일을 오래전에 성취할 수 있었을 겁니다."

피터 호벤든은 경멸과 분노가 섞인 표정으로 고개를 흔들었다. 사람들은 큰길을 따라 널린 평범한 것들이 아닌 어떤 색다른 목표물을 구하려는 자들을 바보라고 부르며 그들에게 경멸과 분노를 느끼는 것을 당연하다고 생각하는 것 같았는데 피터 호벤든도 예외가 아니었다. 그는 도리가 없다는 듯 손가락을 치켜들어 보이고 얼굴에는 조소를 띠며 가게를 나갔다. 그 조소는 그 후 여러 날 밤마다 오웬의 꿈속에 악몽처럼 나타났다.

옛 스승이 찾아왔을 때 오웬은 아마도 그동안 포기하고 있었던 자신의 작업을 막 다시 시작하려던 참이었을 것이다. 그러나 이 상서롭지 못한 사건으로 그는 서서히 벗어나기 시작한 침체 상태로 다시 주저앉아 버리고 말았다.

하지만 겉으로는 의기소침해 보이면서도 타고난 그의 정신적 성향은 새로운 힘을 천천히 쌓아 올리고 있었다. 여름이 깊어 가면서 그는 일을 완전히 포기하다시피 했고 회중시계나 벽시계로 표시되는 '시간'이라는 노신사가 인간의 삶 속에서 이리저리 방황하며 어리둥절한 시간의 흐름으로 계속 혼란을 일으키도록 내버려 두었다. 그는 숲과 들과 개울둑을 따라 헤매며, 사람들의 말에 따르자면 햇빛을 낭비하고 다녔다. 자연 속에서 그는 아이처럼 나비를 쫓거나 물벌레들의 움직임을 지켜보면서 즐거움을 느꼈다. 이 살아 있는 생물들이 실바람에 유희하는 모습을 응시하거나 자신이 잡은 화려한 곤충의 구조를 살필 때 거기에 철저히 몰두하는 그의 진지한 모습에는 진정 알 수 없는 무엇인가가 담겨 있었다. 나비를 쫓는 일은 오래도록 소중한 시간을 그 작업에 쏟아부은, 그의 이상에의 추구를 적절히 나타내는 하나의 상징적 행위였다. 그러나 그 아름다운 이상이 그것을 상징하는 나비처럼 그의 손 안에 결국 들어올 수 있을 것인가? 분명 이런 나날은 달콤했고 그 예술가의 영혼을 편안하게 해 주었을 것이다. 그 세월은 마치 나비가 하늘에서 반짝거리며 날듯 그의 지적인 세계를 번쩍이며 날아다니는 밝은 생각들로 가득 넘쳐 났다. 그리고 그 순간엔 그런 생각들이, 그것들을 감각적인 눈에 보이도록 하려는 노고와 시도에 뒤따르는 당혹감과 좌절감 없이도, 아주 생생하게 현실처럼 느껴지는 것이었다. 시인이든 다른 매체를 사용하는 예술가든 아름다움을 내면적으로 즐기는 것에 만족하지 못하고 후딱 사라져 가는 그 신비를 영적인 영역의 경계 너머까지 쫓아가서, 그 가녀린 신비를 육체적인 힘으로 움켜쥐어 결국 찌그러뜨려야만 하는 것은 얼마나 슬픈 일인가!

그들의 풍요로운 환영을 만족스럽게 재현하지 못해서 더 흐리고 더 희미한 아름다움 속에 이 세계를 장식할 수밖에 없었던 많은 시인과 화가 들이 그랬듯이 오웬 워랜드도 그의 생각을 외적인 실체로 표현하고 싶은 충동을 억제할 수가 없었다. 밤은 이제 그의 모든 지적 활동이 추구하는 그 하나의 생각을 재창조해 내는 점진적인 작업 과정의 시간이었다. 언제나 땅거미가 질 무렵이면 그는 마을로 몰래 나와서 가게 속에 틀어박힌 채 몇 시간이고 그 섬세한 작업을 참을성 있게 계속했다. 때때로 그는 야경꾼이 문을 두드리는 소리에 깜짝 놀라곤 했다. 야경꾼은 마을 사람들이 모두 잠든 시간에 오웬 워랜드의 가게의 가리개 문 틈으로 램프 불빛이 희미하게 새어 나오는 것을 이상히 여겨 문을 두드린 것이었다. 오웬의 지나치게 민감한 정신 상태에는 낮의 일광이 작업을 방해하는 장애물처럼 느껴졌다. 그래서 구름이 덮이고 기후가 험한 날이면 그는 손으로 턱을 괴고 앉아, 자신의 예민한 머리를 뿌옇고 불분명한 여러 가지 명상으로 감싸며 보냈다. 이렇게 하면 밤의 고된 작업 시간 동안 자기 생각들을 정확하고 분명하게 가다듬어야 할 부담으로부터 잠시 벗어날 수 있었기 때문이었다. 이는 적잖이 도움이 되는 일이었다.

어느 날 오웬은 애니 호벤든의 방문으로 이런 멍한 상태에서 깨어났다. 그녀는 손님으로서 자유롭게, 그리고 어릴 적 친구라는 친근감을 가지고 가게를 찾아온 것이다. 그녀는 자신의 은 골무가 닳아서 구멍이 났다며 손질을 해 달라고 했다.

"이런 일도 해 주실 수 있을지 모르겠네요. 기계에 영혼을 불어넣는 일로 바쁘신 모양인데."

애니가 웃으며 말했다.

"아니, 어떻게 기계에 영혼을 불어넣는다는 그런 생각을 하게 되었소, 애니?"

오웬은 깜짝 놀라서 물었다.

"그저 그런 생각이 들어서요."

애니가 대답했다.

"그리고 오래전 오웬 씨가 아직 어린 소년이었고 저 역시 어린아이였을 때, 오웬 씨가 그 비슷한 이야기를 했던 기억이 나기도 하고요. 그건 그렇고, 이 골무 고쳐 주실 수 있겠어요?"

"애니를 위해서라면 뭐든지 하지요. 로버트 댄포스의 철 가마에서 해야 할 일일지라도 말이오."

오웬 워랜드가 말했다.

"그 광경 참 멋있겠네요."

애니는 그렇게 대꾸하면서 그 예술가의 조그맣고 가녀린 체구를 약간 얕잡아 보는 것 같기도 한 시선으로 힐끗 바라보았다.

"자, 골무 여기 있어요."

"하지만 물질에 영혼을 불어넣는다는 애니의 생각은 아주 묘하군요."

오웬의 마음속으로, 이 젊은 아가씨가 이 세상의 어느 누구보다도 자신을 잘 이해해 줄 수 있지 않을까 하는 생각이 밀려왔다. 만일 자신이 사랑하는 유일한 사람으로부터 공감과 이해를 얻을 수 있다면, 그것은 자신의 외롭고 힘겨운, 즉 이상을 추구하는 삶에 얼마나 큰 도움과 힘이 되어 줄 수 있을 것인가! 일상적인 삶으로부터 격리된 어떤 목표를 추구하는 사람들, 인류를 앞서가는 선각자나 인류로부터 소외된 사람들, 이들은 때로 얼어붙은 고독한 극지(極地)에서처럼 자기들의 정신을 떨게 하는 도덕적 냉기를 느끼게 되는 법이다. 예언자, 시인, 개혁가, 범죄자 또는 인간적인 열망을 지녔지만 야릇한 운명 탓에 다른 사람들로부터 고립된 사람들이 느끼는 그런 소외의 감정을 오웬 위랜드도 지금 느꼈던 것이었다.

"애니."

그런 생각에 얼굴이 백지장처럼 창백해진 오웬이 외치듯 말했다.

"내가 하는 일의 비밀을 애니에게는 기꺼이 이야기할 수 있소! 애니는 제대로 이해해 줄 수 있을 것 같아. 이 거친 물질적인 세상으로부터는 기대할 수 없는 그런 진지한 태도로 내 이야기를 들어 줄 수 있으리라 믿소."

"그럼요. 물론 그렇게 하지요!"

애니 호벤든은 가볍게 웃으며 대꾸했다.

"어서 설명해 주세요, 요정 여왕 맵의 장난감으로나 어울릴 이 정교하게 만든 조그만 회전목마가 뭘 뜻하는지요. 보세요! 내가 이걸 움직여 볼게요."

"안 돼! 멈춰요!"

오웬이 소리를 질렀다.

앞에서 여러 번 언급한 그 복잡하고 정교한 기계 장치의 한 부분을 애니가 바늘 끝으로 약간 건드리자 오웬은 애니가 비명을 지를 정도의 강한 힘으로 그녀의 팔을 와락 붙들었다. 그녀는 그의 얼굴 위로 꿈틀거리는 짙은 분노와 고뇌로 일그러진 표정에 두려움을 느꼈다. 다음 순간 그는 두 손에 얼굴을 파묻었다.

"가요, 애니."

오웬이 중얼거렸다.

"내가 망상에 빠진 거요. 벌을 받아 마땅하지. 나는 누군가의 이해와 공감을 간절히 바랐소. 그래서 애니로부터 그걸 얻을 수 있으리라 생각하고, 상상하고, 또 꿈꾸었던 거지. 하지만 애니는 나의 비밀을 공유할, 그런 영감이랄까 하는 걸 가지고 있지 못한 것이오. 그걸 잠깐 건드림으로 해서 몇 달 동안의 나의 노고와 일생에 걸친 내 생각이 허사가 되고 말았소! 그건 애니의 잘못이 아니지. 하지만 애니는 나를 파멸시킨 것이오!"

아, 가련한 오웬 워랜드! 그는 분명 잘못 생각한 것이었다. 그러나 그의 생각은 충분히 이해할 만했다. 왜냐하면 만일 그가 그처럼 신성하게 생각하는 작업 과정을 진정으로 존중할 수 있는 인간의 정신이 구할 수 있었다면 그것은 분명 여자의 정신이었을 테니까. 애니 호벤든도 만약 사랑의 깊은 힘에 감화되었더라면 오웬을 그처럼 실망시키지 않았을지도 모를 일이었다.

그 예술가는 그해 겨울을, 사실상 그가 세상에서 쓸모없고 불운한 사람으로 어쩔 수 없이 태어났다고 생각하는 사람들을 만족시켜 주려는 듯 방탕하게 보냈다. 한 친척의 죽음으로 약간의 유산을 물려받은 그는 고된 시계방 일로부터 해방될 수 있었고 심지어 그에게는 아주 중요했던 그 목적에 대한 집착까지 상실한 상태였다. 그는 자신의 가녀린 체격 때문에 아마도 사람들이 깊이 빠져들지는 않겠지 하고 생각했던 그런 나쁜 습관에 자신을 내던져 버린 것이었다. 그러나 천재적인 인간에게 있어서 영적인 부분이 흐려지면 세속적인 부분이 더욱더 걷잡을 수 없이 영향력을 발휘하는 법이다. 왜냐하면 평범한 사람들의 경우와는 달리, 신이 특별히 아주 정교하게 조정해 놓은 예민한 균형 상태로부터 인격이 와르르 무너져 내리기 때문이다. 오웬 워랜드는 방탕 속에서 찾을 수 있는 모든 즐거움을 시험해 보았다. 그는 술이라는 황금의 매체를 통하여 세상을 보고, 술잔 가득히 유쾌하게 넘쳐흐르며 즐거운 광란 상태로 공기를 채우는 환영들을 눈여겨보기도 했다. 그러나 그 즐거운 광란의 모습들은 곧 유령처럼 고독한 모습으로 변하고 말았다. 이런 음울하고 불가피한 변화가 일어나더라도, 그리고 그 환상이 삶을 어둠 속으로 집어삼키고 또 그 어둠을 자기를 조롱하는 유령들로 가득 채우더라도, 그 젊은이는 여전히 매혹의 술잔을 계속 퍼마셨을 것이다. 그러는 와중에도 그는 아주 역겨운 어떤 정신 상태를 강하게 의식했는데, 그 역겨운 상태는 현실이었기 때문에 술이 불러일으킬 수 있는 환상적인 공포와 절망감보다 더 견디기 어려웠다. 술에 취해 있을 때는 고통 속에서도 모든 것이 하나의 환상일 뿐이라는 것을 기억할 수 있지만 그 역겨운 정신 상태에서는 무거운 고뇌가 바로 실재의 삶인 탓이었다.

이런 위태로운 상태로부터 그를 구한 것은 한 조그만 사건이었는데, 여러 사람이 그 사건을 목격했지만 가장 똑똑하다는 사람도 그 사건이 오윈 워랜드의 마음에 어떤 작용을 일으켰는지 설명하거나 짐작할 수가 없었다. 그 사건은 아주 단순한 것이었다. 어느 따뜻한 봄날 오후, 오윈이 술친구들과 함께 술잔을 나누고 있을 때 열린 창문으로 화려한 나비 한 마리가 날아들어 오더니 그의 머리 주위로 훨훨 날았다.

"오, 너 태양의 아이, 여름 미풍의 놀이 친구."

술에 거나해진 오윈이 소리쳤다.

"겨울의 음산한 잠에서 깨어나 너 다시 살아났구나. 그렇다면 이제 나도 일을 시작할 때가 되었지."

그렇게 말하면서 그는 채 비우지 않은 술잔을 식탁 위에 그대로 놓아둔 채 그 자리를 떠났다. 그리고 다시는 술을 한

방울도 마시지 않았나.

이제 다시 그는 숲과 들을 헤매며 돌아다니기 시작했다. 오웬이 천박한 술꾼들과 함께 어울려 앉아 있을 때 창문으로 마치 정령처럼 날아들어 온 그 화려한 나비는, 오웬을 영적인 사람이게끔 했던 순수하고 이상적인 삶으로 그를 다시 불러들이려 찾아온 진짜 정령인지도 모를 일이었다. 그리고 오웬은 바로 그 정령을 찾아 햇빛 속을 헤매고 다니는지도 모를 일이었다. 지난해 여름에 그랬던 것처럼 그는 나비가 내려앉는 곳이면 어디든지 조심스럽게 다가가서 정신없이 그것을 들여다보았다. 나비가 날아오를 때면 그 자취가 마치 천국에 이르는 길을 보여 주기라도 하듯 그의 시선은 나비의 날갯짓을 뒤쫓았다. 그리하여 야경꾼은 오웬 워랜드의 가게의 가리개 문틈으로 새어 나오는 램프 불빛을 다시 볼 수 있게 되었다. 그러나 다시 시작된, 이 때아닌 노고의 목적은 도대체 무엇이었을까? 마을 사람들은 이 모든 괴팍한 행위를 한마디로 정리해서 설명했다. 즉 오웬 워랜드가 돌았다는 것이었다! 이 세계의 가장 평범한 한계를 벗어나는 모든 것에 대한 설명으로서 이 손쉬운 방법은 얼마나 효과적이며, 또 편협함과 아둔함으로 물든 감정에 얼마나 만족스러운 위안을 주는가! 사도 바울 시절부터 우리의 가련한 '미를 추구하는 예술가'의 이 시대에 이르기까지, 너무나 현명하고 대단히 훌륭하게 말하고 행동한 사람들의 언행에 담긴 모든 신비를 설명하는 데 바로 이 부적 같은 설명 방법이 적용되어 온 것이다. 오웬 워랜드의 경우엔 마을 사람들의 판단이 옳은 것인지도 몰랐다. 어쩌면 오웬은 미쳐 있었을지도 모른다. 이해와 공감의 부족, 규범을 파기한 자신과 이웃 사람들 간의 괴리는 그를 미치게 하기에 충분

했을 것이다. 아니면 그가 영혼의 빛나는 광채를 너무 많이 받아서, 그것이 보통의 햇빛과 섞여 버린 탓에 그를 세속적 의미에서 혼란에 빠지게 했는지도 모를 일이었다.

어느 날 저녁 오웬은 여느 때의 방황에서 돌아왔다. 그리고 그토록 자주 중단되었지만 마치 자신의 운명이 그 기계 장치에 체현된 것처럼 또다시 계속할 수밖에 없었던 그 작업을 위하여 램프의 불빛을 섬세한 기계 조각에 막 비추고 있었다. 바로 그때 피터 호벤든 영감이 가게 안으로 들어선 바람에 그는 몹시 놀랐다. 오웬은 피터 호벤든만 보면 가슴이 오그라들었다. 보이는 것은 분명하게 보고 보이지 않는 것은 철저하게 불신하는 그의 날카로운 지력 때문에, 오웬은 이 세상의 모든 사람들 중에서 그가 가장 두려웠다. 그러나 이번에 그는 자비로운 몇 마디 말을 전하러 온 것이었다.

"여보게, 오웬. 내일 밤 우리 집에 놀러오게나."

그가 말했다.

오웬은 무슨 핑계를 대려고 더듬거렸다.

"아니 꼭 와 줘야겠네. 가족처럼 함께 지내던 때를 생각해서도 말이네."

피터 호벤든이 계속 말했다.

"아니, 자네, 내 딸 애니가 로버트 댄포스와 약혼한 걸 모르고 있나? 그저 간단히 축하 자리를 마련하려는 것이네."

"오!"

오웬이 말했다.

그 한 음절의 말이 그가 말한 모든 것이었다. 피터 호벤든 같은 사람의 귀에는 그 어조가 차고 무관심하게 들렸을 터다. 그러나 그 한 음절에는 그 가련한 예술가의 가슴에서 터져 나오는 억눌린 울부짖음이 담겨 있었다. 그는 사람들이 악령을 누르듯 그 울부짖음을 자기 가슴속에 억눌렀던 것이다. 그러나 늙은 시계 제조공은 눈치채지 못했지만 그는 잠깐 자신의 감정이 터져 나가는 것을 허용하고 말았다. 막 작업을 시작하려고 들어올리던 도구를 그 조그만 기계 장치 위로 떨어뜨린 것이었다. 또다시 여러 달 동안 생각과 노고를 공들여 바친 그 기계 장치는 그렇게 해서 산산조각이 나 버렸다.

오웬 위랜드의 이야기는, 만약에 그를 방해하는 여러 영향력 가운데 사랑이 그의 손으로부터 재주를 훔쳐가지 않았더라면 미를 창조하려는 예술가들의 고통스러운 삶에 대한 그럴듯한 상징적 이야기가 될 수 없었을 것이다. 겉으로 봤을 때 그는 열정적이거나 적극적인 연인이 될 수 없었다. 그의 열정적인 삶은 그 격동과 변전 무상함을 자신의 상상 세계 속에 전적으로 가두었기 때문에, 애니조차도 그의 사랑을 여자의 직관적인 본능으로나마 어렴풋이 느낄 수 있을 따름이었다. 그러나 오웬의 생각으로는 그녀에 대한 사랑이 자신의 모든 삶을 지배하고 있었다. 그녀가 그에게 깊은 이해와 공감을 줄 수 없었던 사실도 잊어버리고 그는 줄곧 예술적 성공에 대한 자신의 모든 꿈을 애니의 이미지와 연결했다. 그녀는 그가 숭배하는, 그리고 값진 공물을 그 제단에 바치기를 원하는, 그 정신적 힘이 그에게 분명하게 드러나는, 눈에 보이는 하나의 실체였던 것이다. 물론 그는 미망에 빠져 있었다. 애니 호벤든은 그의 상상력이 그녀에게 부여한 그런 귀한 속성을 가지지 못했다. 그의 내적 환영에 나타나는 그녀의 모습은 그 신비로운 기계 장치가 완성될 경우에 나타날 어떤 것, 바로 자기 자신이 만들어 낸 하나의 창조물이었다. 만일 그가 사랑에 성공함으로써 자신의 미망을 확인하게 되었다면 — 그가 애니를 가슴에 품는 데 성공해서 그녀가 천사에서 보통 여자로 바뀌어 가는 것을 보게 되었다면 — 그 실망감은 오히려 그로 하여금 이제 유일하게 남은 목표물을 향해 모든 힘을 쏟아붓게 하였을 것이다. 반대로 애니가 자신이 상상했던 대로의 여자라는 것을 확인하게 되었다면 그의 운명은 아름다움으로 풍요로워졌을 터다. 그는 그 풍요로부터 자신이 추구해 온 것보다 더 가치 있는, 여러 가지 형태의 미를 창조해 낼 수 있었을 것이다. 그러나 이처럼 갑작스레 그에게 닥쳐든 슬픔의 충격, 그리고 자기 인생의 천사가 그 귀한 도움을 필요로 하지도 않고 고맙게 여길 줄도 모르는, 흙과 쇳덩어리로 만들어진 상스러운 남자에게 빼앗겼다는 느낌은, 인간의 삶을 희망이나 두려움의 무대로 삼기에는 너무 어리석고 모순된 것으로 보이게 하는, 그런 운명의 심술을 그로 하여금 절감하게 했다. 오웬 워랜드는 얼이 빠진 사람처럼 그렇게 멍하니 앉아 있을 수밖에 없었다.

그는 몹시 앓았다. 그러나 건강이 회복된 후 그의 조그맣고 가녀린 체구에는 둔해 보일 정도로 살이 오르기 시작했다. 그가 그처럼 살이 쪄 보기는 처음이었다. 홀쭉했던 뺨이 동글해지고 요정의 일을 하도록 타고난 듯한 조그맣고 섬세한 손도 무럭무럭 자라나는 아이의 손처럼 포동포동해졌다. 그의 모습은 전체적으로 어린애 같아졌다. 낯선 사람이 그를 보면 참 이상한 아이도 있구나 하고 의아해하면서도 그의 머리를 쓰다듬어 주고 싶어 했을 것이다. 마치 정신이 그의 몸에서 빠져나가 버리고 육체만 남아서 식물처럼 무성히 자라고 있는 듯했다. 그렇다고 오웬 워랜드가 바보처럼 변한 것은 아니었다. 그는 조리 있게 말도 분명히 했다. 정말이지 사람들은 그를 수다쟁이라고 여기기 시작할 정도였다. 그는 여러 책에서 읽은, 그러나 나중에 완전히 황당한 것임을 알게 된, 기계에 관한 여러 가지 놀랄 만한 이야기들을 지루할 만큼 길게 늘어놓았다. 그중에는 알버투스 마그누스가 만든 놋쇠 인간이라든가, 베이컨 수도사가 만들었다고 하는 예언하는 놋쇠 머리라든가, 더 최근의 예로는 프랑스의 황태자를 위해서 만들었다는 조그만 마차와 말 모형 자동 인형이라든가, 마치 살아 있는 파리처럼 귀 주위로 윙윙거리며 날아다니지만 사실은 조그만 쇠 용수철로 만든 곤충이었다는 이야기들이 포함되어 있었다. 한번은 실제로 어기적어기적 걷고 꽥꽥거리고 먹이도 먹는, 그런데 만일 저녁거리로 그 오리를 샀다면 오리 모양의 기계에 속았다는 것을 알게 되었을, 그런 기계에 관한 이야기도 들려주었다.

"하지만 이 모든 이야기는 이제 생각해 보니 다 속임수에 지나지 않은 거지요."

라고 오웬 워랜드는 말했다.

그러고는 아주 이상한 태도로, 한때는 그렇지 않다고 생각했었노라고 고백하는 것이었다. 그가 게으르게 몽상에 잠겨 있던 시절, 그는 어떤 의미에 있어선 기계에 영혼을 불어넣는 일이 가능하다고, 그렇게 해서 생겨난 새로운 종류의 생명과 움직임을, 자연이 모든 창조물에게 가능성을 부여했지만 실현시키려고 애쓰지 않은, 그런 이상적 상태에 도달할 아름다움과 결합시키는 것이 가능하다고 생각했던 것이다. 그러나 이런 목적을 성취하는 과정이나 계획 자체에 대해서 그는 어떤 분명한 인식을 가지고 있는 것 같지는 않았다.

"그런 생각은 이제 다 집어치워 버렸습니다."

그는 그렇게 말했다.

"젊은 사람들이 항상 스스로를 미혹시키는 그런 꿈이지요. 이제 철들고 생각하니 우습군요."

아, 전락해 버린 가련한 오웬 워랜드여! 이런 태도는 그가 이제 우리 주위에 보이지 않게 존재하는 보다 훌륭한 세계의 주민이 아니라는 것을 보여 주는 징후였다. 그는 보이지 않는 것들에 대한 신념을 잃어버리고, 그런 불행한 사람들이 으레 그렇듯이 자기 눈으로 볼 수 있는 많은 것들까지도 거부해 버리는 그런 지혜를 자랑스럽게 생각하고, 오직 그의 손으로 확인할 수 있는 것만을 철저히 믿게 되었다. 이것은 정신적인 고귀한 부분을 잃어버리고, 천박한 이해로 인식할 수 있는 것들에만 점점 더 동화되어 가는 사람들의 불행인 것이다. 그러나 오웬 워랜드에게 있어서 정신은 완전히 죽거나 사라지지는 않았고 오직 잠들어 있을 뿐이었다.

그 정신이 어떻게 다시 깨어났는지는 분명히 알 수가 없다. 어쩌면 몽롱한 동면 상태가 발작적인 고통에 의하여 깨뜨려진 것인지도 모른다. 아니면 예전의 경우처럼 나비가 날아와 그의 머리 주위를 떠돌면서 — 정말이지 이 햇빛의 정령은 항상 예술가를 위한 어떤 신비로운 임무를 띠고 있으니까. — 그의 삶 이전의 목적을 다시 일깨웠는지도 모른다. 그의 혈관으로 짜릿하게 퍼져 온 것이 고통이었건 행복감이었건 간에 그가 처음으로 충동처럼 느꼈던 것은, 자신을 생각과 상상력과 예민한 감수성을 지닌 그런 인간으로 다시 돌아오게 해 준 하늘에 감사하고 싶은 마음이었다.

'내가 할 일에 대해서 지금처럼 이렇게 강한 의욕을 느낀

적은 없었어.'

그는 혼자 생각했다.

그러나 스스로 건강하다고 느끼면서도 한참 일하는 도중에 갑자기 죽음이 닥쳐들지나 않을까 하는 불안감 때문에 그는 더욱더 열심히 일에 몰두하였다. 아마도 이러한 불안감은 자신들의 생각에 아주 높은 목표를 세우고 오직 그 목표를 달성했느냐 여부에 인생의 중요한 가치가 달려 있다고 생각하는 모든 사람들에게 공통된 느낌이었을 것이다. 인생을 그 자체로 사랑하는 한 우리는 인생을 잃어버릴까 하며 별로 두려워하지 않는다. 반면에 어떤 목적을 달성하기 위하여 삶을 희구할 때 우리는 삶의 결이 아주 연약한 것임을 깨닫게 된다. 그러나 신의 섭리에 따라 우리에게 부여된 것 같은, 그 일을 성취하지 못하면 세상이 비탄 속에 빠질 것 같은, 그런 일에 우리가 몰두할 때 이러한 불안감과 함께 죽음의 화살이 자기를 공격하지 못하리라는 강한 신념을 동시에 느끼게 된다. 인류를 개혁할 수 있는 중요한 착상에 대한 영감으로 고취된 철학자가 광명의 말을 전하려고 막 숨을 모으는 바로 그 순간에, 자신이 이 중요한 삶으로부터 끌려 나가게 되리라고 생각할 수 있겠는가? 만일 그렇게 죽는다면 다른 현인이 나타나 그때 설파될 수 있었을 진리의 말을 다시 찾아낼 그 순간까지 오랜 세월을 지루하게 흘려보내야 할지도 모른다. ── 세상의 모든 삶이 모래처럼 한 줌 한 줌 다 떨어져 내릴 만큼. 그러나 역사는 아주 고귀한 정신이 어떤 시기에 인간의 형태로 나타났다가, 인간의 판단으로 볼 때 이 지상에서 자신의 임무를 수행할 수 있는 충분한 시간을 허락받지 못한 채 일찍 죽어 간 예를 허다하게 보여 준다. 예언자는 죽어 가고 둔한 가슴과 멍한 머리를 가진 사람은 살아남는다. 시인은 그의 노래를 채 끝내지 못하거나 인간의 귀에는 들리지 않는 천국의 합창으로 그것을 완성하기도 한다. 또한 화가는 — 앨스톤이 그랬듯이 — 그의 생각을 화폭에 다 펼쳐 보이지 못한 채 이 세상을 떠나 그 불완전하게 남겨진 아름다움으로 우리를 슬프게 하고 — 이렇게 말하는 게 불경스럽지 않다면 — 천국의 색깔로 그것을 완성하려고 할 것이다. 그러나 이 세상에서 이루지 못한 그런 계획들은 결국 아무 곳에서도 완전히 이루어질 수 없으리라. 이처럼 자주 좌절되는 인간의 고귀한 계획들은, 이 지상에서의 행위가 아무리 경건함이나 재능으로 영성화되더라도 오직 정신의 훈련이나 발로로서만 가치를 지닐 뿐이라는 사실을 아마도 증명해 보이는 듯하다. 천국에서는 모든 평범한 생각들도 밀턴의 노래보다 더 우아하고 아름답다고들 한다. 그렇다면 밀턴이 지상에서 채 끝내지 못한 노래에 한 절을 더 보태서 그것을 완성하려고 하겠는가?

이제 오웬 워랜드에게로 다시 돌아가 보자. 좋건 나쁘건 그의 삶의 목적을 이루는 것이 이제 그의 운명이었다. 오랜 시간에 걸친 생각의 집중, 피나는 노력, 정교한 작업, 애태우는 걱정 그리고 뒤이은 고독한 승리의 순간, 이 모든 과정을 상상에 맡기고 건너뛰기로 하자. 그러면 우리는 어느 겨울 저녁에 로버트 댄포스의 화롯가를 찾아가는 그 예술가를 만나게 된다. 댄포스의 집을 방문한 그는 거대한 육체를 지닌 철의 사나이가 가정의 영향으로 아주 온화하게 잘 다듬어진 모습을 볼 수 있었다. 애니 역시 주부티가 나면서 남편의 소탈하고 투박한 성품의 영향을 많이 받은 듯했다. 그러나 오웬 워랜드가 믿고 있듯이, 그녀는 아직도 고상한 품위를 지니고 있었기에 힘과 아름다움 사이에서 통역관 노릇을 할 수 있을 것 같았다. 마침 피터 호벤든 영감도 그날 저녁 딸네 집에 손님으로 와 있었는데, 오웬의 눈에 처음 마주친 것은 그의 여전히 날카롭고 차가운 비판의 표정이었다.

"오랜만일세, 오웬!"

로버트 댄포스는 자리에서 벌떡 일어서며 쇠막대기를 쥐는 데 익숙한 우람한 손으로 그 예술가의 가녀린 손가락을 쥐면서 큰 소리로 말했다.

"드디어 이렇게 찾아와 주니 반갑고 고맙네. 난 자네가 그 영원한 움직임인가 뭔가에 넋을 빼앗겨서 옛날 일을 다 잊어버렸나 걱정을 했지."

"정말 반가워요."

주부티가 나는 얼굴을 약간 붉히며 애니가 말했다.

"그토록 오랫동안 아무 연락도 없다니 섭섭했어요."

"그래, 그 아름다움이라는 거 어떻게 되어 가나, 오웬? 드디어 만들어 냈나?"

늙은 시계 제조공은 인사말로 그렇게 물었다.

오웬은 즉각 대답하지 않았다. 양탄자 위에서 이리저리 뒹굴며 노는 어린아이의 모습에 깜짝 놀랐기 때문이었다. 그 아이는 무한으로부터 신비스럽게 태어난 존재이면서도 이 세상의 가장 견고한 물질로 빚어진 듯 몸의 구조가 아주 튼튼하고 단단한 실체처럼 느껴졌다. 이 튼튼한 아이는 낯선 손님을 향해 기어 와서 로버트 댄포스가 곧추섰다고 표현하는 그런 자세로 오웬을 아주 영리한 표정으로 빤히 쳐다보았다. 그 영리한 표정이 대견스러웠기에 어머니는 남편과 흐뭇한 눈길을 주고받지 않을 수 없었다. 그러나 오웬은 아이의 표정이 피터 호벤든의 평소 낯빛과 닮았다고 생각하면서 그 표정에 마음이 산란해지는 것을 느꼈다. 그는 늙은 시계 제조공이 이 아이의 모습을 덮어쓰고 아이의 눈을 통해 밖을 내다보면서 악의에 찬 그 질문을 다시 반복하는 것처럼 생각했다.

"오웬! 그 아름다움 말일세. 어떻게 되어 가고 있나? 아름다움을 만들어 내는 데 성공했나?"

"네, 성공했습니다."

오웬은 잠시 의기양양한 눈빛과 밝은 미소를 띠며 대답했다. 그러나 그 모습은 깊은 생각에 젖어 있어서 차라리 슬퍼 보였다.

"네, 사실입니다. 여러분, 성공했습니다."

"어머, 정말이에요?"

애니가 얼굴에 소녀처럼 유쾌한 표정을 띠며 소리쳤다.

"그렇담, 이제 그 비밀에 대해서 물어봐도 괜찮겠네요."

"물론이죠. 바로 그 비밀을 알려 주려고 오늘 저녁, 이렇게 온 것입니다."

오웬 워랜드가 대답했다.

"그 비밀을 알 뿐만 아니라 보고 만지고 소유하게 될 겁니다. 왜냐하면 애니, — 옛날 친구로서 그렇게 불러도 되겠지요. — 이 영혼을 불어넣은 기계, 이 조화로운 율동, 이 아름다움의 신비를 애니의 결혼 선물로 만든 것이니까요. 선물이 너무 늦은 건 사실이죠. 하지만 우리가 세상을 살아가는 동안 사물들이 신선한 빛을 잃고 우리의 영혼이 섬세한 지각을 상실해 가기 시작할 때, 바로 그런 때에 아름다움의 정신이 가장 필요한 거지요. 용서해 줘요, 애니. 하지만 이 선물의 가치를 인정해 줄 수만 있다면 선물이 너무 늦은 건 아닐 겁니다."

그렇게 말하면서 그는 보석함 같은 것을 꺼냈다. 자신의 손으로 직접 화려하게 조각한 흑단 상자에는 나비를 쫓는 한 소년의 모습이 환상적인 진주 세공으로 박혀 있었다. 나비는 어디에선가 날개 달린 정령이 되어 하늘을 향해 날아가고, 소년인지 젊은인지는 그 아름다움을 얻으려는 강렬한 열망으로 땅에서 구름으로, 구름에서 다시 천국으로 오르는 그런 모습이었다. 오웬은 이 흑단 상자를 열면서 애니더러 한쪽 끝에 손가락을 대어 보라고 했다. 애니가 시키는 대로 손가락을 가져다 대자 나비 한 마리가 팔랑대며 날아올랐고 그녀는 깜짝 놀라 소리를 지를 뻔했다. 나비는 그녀의 손가락 끝에 내려앉아 다시 날 준비를 하듯이 보랏빛과 금색 점이 박힌 넓은 날개를 너울거렸다. 이 아름다운 물체 속으로 부드럽게 스며들어 간 영광과 장려함과 정교한 화려함은 말로 표현할 수 없었다. 자연의 이상적인 나비가 완벽한 모습으로 여기에 구현되어 있는 것이었다. 이 땅의 꽃들 사이로 펄럭이며 날아다니는 빛바랜 곤충의 모습으로서가 아닌, 천국의 초원을 날며 아기 천사나 죽은 아이들의 영혼과 함께 즐겁게 노니는 나비의 모습으로. 날개 위엔 풍요로운 잔털이 나 있고 눈빛은 영혼의 광채로 넘치는 것 같았다. 나비 위로 촛불이 비치니 그 주위로 불빛이 어른거렸다. 그러나 나비 자체의 광채가 빛을 발하고 있는 듯싶었다. 나비는 그것이 내려앉은 손가락과 내뻗은 손을 보석 같은 하얀 광채로 비쳤다. 그 완벽한 아름다움 때문에 크기에 대한 생각은 완전히 잊혔다. 날개가 하늘을 온통 덮을 만큼 컸다 해도 충만감이나 만족감이 이보다 더 클 수는 없었을 터다.

"아름다워요! 정말 아름다워요! 이게 살아 있는 건가요? 정말 살아 있는 거예요?"

애니가 외쳤다.

"살아 있느냐고? 물론 살아 있지."

그녀의 남편이 대답했다.

"나비를 만들어 낼 만한 기술을 가진 사람이 이 세상에 있으리라고 생각하오? 설령 그렇더라도 여름날 오후 한나절이면 어린애도 몇십 마리씩 잡아 올 수 있는 나비를 애써 만들려고 하는 사람이 도대체 어디 있겠소? 살아 있느냐고? 물론이지! 하지만 이 아름다운 상자는 우리의 친구 오웬이 만든 것임에 틀림없군. 정말 잘 만들었는데."

이 순간 나비가 정말 살아 있는 듯한 동작으로 날개를 다시 펄럭여서 애니는 깜짝 놀랐을 뿐 아니라 두려움을 느끼기까지 했다. 왜냐하면 남편의 의견에도 불구하고 나비가 정말 살아 있는 생물인지, 아니면 놀라운 기계 조각인지 분명히 알 수가 없었기 때문이었다.

"이게 살아 있는 거예요?"

애니는 전보다 더 진지하게 같은 질문을 반복했다.

"직접 판단해 봐요."

그녀의 얼굴을 주의 깊게 지켜보고 서 있던 오웬 워랜드가 대답했다.

나비는 이제 공중으로 날아올라 애니의 머리 주변에서 펄럭이더니 응접실 먼 곳으로 솟아올랐다. 아주 먼 거리였지만 날개의 동작을 감싼 별빛 같은 광채 때문에 나비의 모습은 계속 보였다. 마루에서 뒹굴던 아이는 영리한 작은 눈으로 나비의 모습을 계속 뒤쫓았다. 나비는 방 주위를 한번 날더니 나선형의 곡선을 그리며 돌아와, 다시 애니의 손가락 위에 앉았다.

"아니, 정말 살아 있는 건가요?"

그녀는 다시 외쳤다. 그 화려하고 신비로운 나비는 그것이 내려앉은 손가락이 너무나 떨린 탓에 두 날개로 균형을 잡아야 할 정도였다.

"이게 정말 살아 있는 건지, 아니면 만들어 낸 건지 말해 주세요."

"그것이 그처럼 아름답다면, 누가 그것을 만들어 냈는지 알아서 뭐합니까?"

오웬 워랜드가 대답했다.

"살아 있느냐고요? 그래요, 살아 있어요, 애니. 생명을 가지고 있다고 말할 수 있지요. 왜냐하면 내 자신의 모든 것이 그 안에 다 들어 있으니까. 그 나비의 비밀 안에. 그리고 그 아름다움 속에 — 외견뿐 아니라 그 모든 조직 속 깊이 — 미를 추구하는 한 예술가의 지력과 상상력과 감성과 영혼이 모두 구현되어 있소! 그렇소. 내가 그걸 창조해 낸 것이오. 하지만."

여기서 그의 얼굴빛이 약간 변했다.

"하지만 이 나비는 이제 나에게, 옛날 젊은 시절의 몽상 속에서 멀리 날아가는 것을 바라보던 때의 그 나비가 아니오."

"어찌되었든 간에 참 예쁜 장난감이로군."

대장장이는 어린애처럼 즐겁게 웃으며 말했다.

"내 손가락처럼 이렇게 둔하고 못생긴 손가락에도 앉을지 모르겠군. 이리 좀 줘 봐요, 애니."

오웬의 지시에 따라 애니는 그녀의 손가락 끝을 남편의 손에 갖다 대었다. 그러자 잠시 지체한 뒤에 나비는 날개를 펄럭이며 맞은편으로 옮겨 앉았다. 나비는 첫 번 실험 때와 비슷하지만 똑같지는 않은 너울거리는 날갯짓을 하며, 두 번째 비상(飛翔)을 준비했다. 이윽고 대장장이의 그 건장한 손가락으로부터 점점 더 큰 곡선을 그리며 천장으로 날아올라 방을 넓게 한 바퀴 빙 돌더니 파들대는 동작으로 다시 대장장이의 손가락에 돌아와 앉았다.

"거참, 진짜보다 더 낫군!"

로버트 댄포스는 그가 표현할 수 있는 최고의 찬사를 보내며 큰 소리로 말했다. 사실 말을 더 잘하고 더 훌륭한 지각을 가진 사람이라도 그 이상 더 할 말이 없었을 것이다.

"솔직히, 나로서는 상상할 수가 없을 정도로군. 하지만 그래서 어쩐다는 건가? 우리의 친구 오웬이 이 나비에 쏟아부은 오 년 동안의 노고보다 내가 쇠망치를 한 번 내려치는 게 실용적인 쓸모 면에서 더 낫지 않느냐는 말이야."

그 순간 아기가 손뼉을 치면서 알아들을 수 없는 말로 뭐라고 계속 재잘댔는데, 아마도 나비를 장난감으로 가지고 놀게 해 달라는 것 같았다.

그러는 동안 오웬 위랜드는 아름다운 것과 실용적인 것의 상대적 가치에 대한 댄포스의 평가에 애니가 공감하는지를 알아보려고 그녀를 곁눈으로 지켜보았다. 자신에 대한 그녀의 친절함, 자신의 손으로 만들어 낸 이상의 구현물인 그 놀라운 물건을 바라볼 때 그녀가 내비친 경이로움과 경탄의 표정, 이 모든 것에도 불구하고 그는 그녀의 얼굴에서 뭔가 경멸감 같은 것이 숨겨져 있는 것을 느꼈다. 그 경멸감은 아주 깊숙이 숨겨져서 어쩌면 그녀 자신도 의식하지 못하고 예술가의 직관적인 눈에만 감지될 수 있는 것 같았다. 그러나 오웬은 이제 자신의 추구 과정에서, 그런 경멸의 발견이 주는 고통에 휘둘리는 단계로부터 벗어나 있었다. 그는 애니로 대표되는 세상 사람들이 아무리 찬사를 보내더라도, 하찮은 물질로 고아한 정신을 상징하고 세속적인 것을 정신적인 황금으로 승화함으로써 아름다움을 창조해 내는 예술가에게 완전한 보상을 줄 만큼 적절한 말은 없다는 것을 잘 알고 있었다. 이 마지막 순간에 이르러서야 모든 고아한 정신적 행위의 보상이란 다른 데서 구할 수 없고 오직 그 자체 안에서만 찾을 수 있다는 사실을 새삼 깨달은 것도 아니었다. 그러나 애니와 그녀의 남편, 피터 호벤든까지도 충분히 이해할 수 있었을, 그리고 그들로 하여금 오 년간의 노고가 값진 일이었다고 생각하게 할 수 있었을, 그런 해명을 충분히 할 수 있었다. 예컨대 오웬 워랜드는, 가난한 시계 제조공이 대장장이의 아내에게 결혼 선물로 준 이 장난감 같은 나비가, 사실은 한 제왕이 수많은 재물과 명예를 바쳐 구하고 그 왕국의 모든 보석 중에서도 가장 값지고 훌륭한 보물로서 소중히 간직했을, 그런 고귀한 보석 같은 것이라고 그들에게 설명해 줄 수도 있었을 터다. 그러나 오웬은 미소를 머금고 그런 생각을 혼자서만 간직했다.

"아버지, 이리 오셔서 이 예쁜 나비 좀 보세요."

애니는 늙은 시계 제조공의 한마디 찬사가 예전의 도제를 기쁘게 해 줄 수 있으리라 생각하며 말했다.

"어디 좀 보자."

피터 호벤든은 사람들로 하여금, 그 자신처럼, 물질적인 실체가 아니면 그 어떤 것도 의심하게 하는 조소의 표정을 얼굴에 띠고 의자에서 일어나며 말했다.

"자, 내 손가락에 앉게 해 보지. 한번 만져 보면 금방 알 수 있을게다."

그러나 피터 호벤든의 손가락 끝이 여전히 나비가 앉아 쉬고 있는 남편의 손가락 끝에 닿자 그것은 곧 날개를 축 늘어뜨리고 마루 위로 떨어지려 했다. 이에 애니는 깜짝 놀랐다. 만일 그녀의 눈이 잘못 본 것이 아니라면, 나비 날개와 몸통 위의 찬란한 황금빛 점이 흐려지며 보랏빛 광채도 어두운 색깔로 변했다. 그리고 대장장이의 손 주위를 뽀얗게 밝히던 별빛 같은 광휘도 희미해지며 사라져 갔다.

"나비가 죽어 가요! 나비가 죽어 가요!"

애니가 놀라서 소리쳤다.

"이 나비는 아주 섬세하게 만들어진 겁니다."

오웬이 차분하게 말했다.

"내가 말한 대로 그건 자력(磁力)이랄까 자성이랄까 그런 영적인 정수를 흡수한 거지요. 의심이나 조롱의 분위기 속에서는 그 정묘한 감수성, 그것에 자신의 삶을 불어넣은 사람의 영혼이 그러듯이, 심한 고통을 받게 됩니다. 이 나비는 이미 그 아름다움을 잃어버렸어요. 조금만 더 지나면 기계 장치가 돌이킬 수 없이 손상되고 말 겁니다."

"손을 떼세요, 아버지!"

애니가 창백해진 얼굴로 애원하다시피 말했다.

"여기 아기가 있어요. 그걸 아기의 천진한 손에 놓아야겠어요. 어쩌면 거기서 다시 생명을 얻고 색깔도 더 밝아질 거예요."

그녀의 아버지는 쓸쓸한 미소를 지으며 손을 치웠다. 그러자 나비는 자발적인 동력을 회복하는 것 같았고 색깔도 본래의 광채를 많이 되찾은 듯했으며, 가장 영적인 특질인 별빛 같은 뽀얀 광휘가 다시 나비 주위로 후광을 펼치기 시작했다. 나비가 로버트 댄포스의 손에서 아기의 조그만 손으로 옮겨 갈 때, 처음에는 광채가 아주 강해져서 아기의 그림자를 벽에 비치게 할 정도였다. 그러는 동안 아기는 아버지와 어머니의 행동을 관찰한 대로 통통한 팔을 내뻗으며 아기다운 즐거운 표정으로 나비가 너울너울 날갯짓을 하는 것을 지켜보았다. 그러나 아기의 얼굴에는 오웬 워랜드로 하여금, 마치 피터 호벤든 영감의 견고한 회의가 부분적으로 순화된 것처럼 느끼게 하는 그런 야릇하고 영리한 표정이 담겨 있었다.

"저 조그만 녀석, 영리해 보이는 것 좀 봐!"

로버트 댄포스가 아내에게 속삭였다.

"아이의 얼굴에서 저런 표정을 보기는 처음이에요."

애니는 예술품 나비보다 자신의 아이에게 더 감탄하며 대답했다. 그녀로서는 그럴 만도 했다.

"저 애가 나비의 비밀에 대해서 우리보다 더 많은 것을 알고 있는 것 같네요."

나비는 오웬처럼 아이의 본성에서 마음에 맞지 않는 무언가를 의식하기라도 한 듯이 밝게 빛나다가도 다시 흐려지곤 했다. 마침내 나비는 스스로 떠오르는 것 같은 동작으로 아이의 조그만 손으로부터 날아올랐다. 마치 주인의 정신이 그것에 부여한 영묘한 본능이, 그 아름다운 모습을 저절로 더 높은 곳까지 향하게 하는 듯했다. 만일 장애물이 없었더라면 그것은 하늘 높이 솟아올라 불멸의 삶을 얻었으리라. 그러나 나비의 광채는 천장에 막혀 그 주위를 비출 뿐이었고 정교한 결의 날개도 그 지상의 매개물에 닿아 퍼덕였다. 그러자 별가루처럼 반짝거리는 것이 양탄자 위로 한두 조각 내려앉으며 주위를 뽀얗게 밝혔다. 나비도 펄럭이며 내려왔다. 그러나 아기에게 다시 돌아가지 않고 예술가의 손에 끌리듯 그쪽을 향해 날갯짓을 했다.

"그래선 안 돼! 그래선 안 돼!"

오웬 워랜드는 자신의 창조물이 자신의 말을 알아듣기라도 하듯 중얼거렸다.

"넌 주인의 가슴에서 떠난 거야. 다시 돌아올 수는 없어."

나비는 떨리는 빛을 발하며 머뭇거리는 동작으로 아기 쪽을 향해 애써 날아가 아이의 손가락 위에 막 앉으려고 했다. 그러나 나비가 아직 공중에서 머뭇거리고 있을 때 외할아버지의 날카롭고 영리한 표정을 닮은 힘세고 튼튼한 아이가 그 놀라운 곤충을 잡아채서 손안에 꼭 쥐었다. 애니는 비명을 질렀다. 피터 호벤든 영감은 냉담하고 경멸에 찬 웃음을 터뜨렸다. 대장장이는 힘주어 아이의 손을 폈다. 아이의 손바닥에는 반짝거리는 금속 조각들만 쌓여 있을 뿐 아름다움의 신비는 영원히 사라지고 말았다. 오웬 워랜드로 말하자면, 그의 일생에 걸친 노고의 파멸이라 할 수 있는, 그러나 결코 파멸만은 아닌 이 광경을 차분한 표정으로 바라보았다. 그는 이 나비보다 더 멀리 나는 다른 나비를 붙잡은 것이었다. 예술가가 진실로 아름다움을 성취할 만큼 높은 경지에 이르면, 사람들로 하여금 그 아름다움을 감각하게 하는 상징물 자체는 그다지 가치가 있어 보이지 않는 것이다. 그의 정신은 상징물이 아닌 실체 자체를 즐기게 될 테니까.

라파치니의 딸
── 오베핀의 작품에 관하여

오베핀 씨[8] 작품의 번역본을 우리는 본 기억이 없다. 그의 이름이 외국 문학을 공부하는 학생에게뿐 아니라 본국의 많은 사람들에게도 잘 알려져 있지 않기 때문에 그것은 별로 놀랄 일이 못 된다. 작가로서 그는, 초절주의자들(이런저런 이름으로 거의 모든 현대 세계 문학에 공헌하고 있는)과 일반 대중의 지력과 감성을 겨냥하는 다수의 대중 작가들 사이에서 불행한 위치에 처해 있는 것처럼 보인다. 오베핀 씨의 서술 양식은 후자의 취향에 맞기에는 너무 세련됐다고 볼 수는 없더라도 어쨌든 너무 이질적이고 너무 어둡고 너무 실체가 없어 보이는 한편, 전자의 정신적 혹은 형이상학적 요구를 충족시키기에는 너무 대중적이어서 그에게는 이런저런 개인이나 소외 계층의 몇몇 사람 외에는 독자가 별로 많지 않을 수밖에 없다.

---

8   호손의 프랑스어 이름. 한 프랑스 친구가 그에게 붙여 준 이름인데 호손은 약혼녀에게 보내는 편지에 이 이름을 가끔 사용하였다. 이 짧은 서문은 호손 자신의 작가적 생애와 작품의 특성 그리고 당시의 문학 풍토에 대한 다분히 장난기 섞인 풍자적인 글로 아주 흥미롭다.

그의 작품을 정당하게 평가하자면 그것들은 상상력이나 독창성을 전적으로 결여한 것은 아니다. 단 알레고리에 대한 고질적인 선호만 없었더라면 그는 더 큰 명성을 얻을 수도 있었을 것이다. 그러나 그 알레고리적 특성은 작품의 구성과 인물에 구름 속을 헤매는 듯한 모호함을 부여해서 그의 생각들로부터 인간의 체온을 앗아 가는 경향이 있다. 그의 소설들은 때로는 역사적이고 때로 현대를 배경으로 하며 이따금 시간이나 공간과 그다지 관계가 없다. 어느 경우든 그는 외적인 삶의 관습에 대한 약간의 장식, 실제의 삶에 대한 약간의 모방에 대체로 만족하며, 어떤 주제가 지닌 다소 모호해 보이는 특성으로써 독자의 흥미를 불러일으키려고 노력한다. 때때로 그의 환상적인 이미지 속으로 자연의 숨결, 애수와 정감의 빗방울, 또는 해학의 희미한 불빛이 스며들어서 결국 우리로 하여금 지상의 삶의 한계에 머물러 있는 듯한 느낌을 갖게 한다. 만일 독자들이 적절한 관점으로 오베핀 씨의 작품을 읽는다면 더 훌륭한 작가들의 작품 못지않게 여가를 즐길 수 있으리라는 소박한 주장을 덧붙이고 싶다. 그렇지 않다면 그의 작품들은 무의미한 허튼소리로 보일 가능성이 많기 때문이다.

우리의 이 작가는 많은 작품을 발표했다. 그는 자신의 노력이 외젠 쉬[9]의 경우처럼 화려한 성공으로 정당하게 보상받을 수 있다는 듯이 열심히, 지루할 정도로 끈질기게 계속 작품을 쓰고 발표한 것이다. 그의 첫 작품집은 『다시 듣는 이야기』인데 일련의 단편 소설들을 모은 것이다. 요즈음 작품으로 기억나는 것은 다음과 같다. 『천국행 열차』(3권, 1938), 『새로운

---

9   Eugène Sue(1804~1857): 프랑스의 대중 소설가.

아버지 이담과 새로운 어머니 이브』(2권, 1939), 『로더릭, 혹은
뱃속의 뱀』(2권, 1940), 『불의 숭배』(옛날 페르시아 신도들의 종
교와 의식을 깊이 연구한 2절판, 1841), 『스페인 성의 저녁』(1권, 8
절판, 1842), 『미를 추구하는 예술가, 혹은 기계 나비』(5권, 4절
판, 1843. 3).[10] 지루할 정도로 이 작품들의 목록을 살펴 나열하
다 보니 오베핀 씨에 대해 존경까지는 아니더라도, 어떤 개인
적인 애정과 공감을 느끼게 된다. 그래서 우리의 힘이 닿는 한
그를 미국의 일반 독자들에게 호의적으로 소개하고 싶다. 다
음 이야기는 최근 《앙티아리스토크라티크 르뷔》[11]에 실린 그
의 「베아트리체, 혹은 아름다운 독녀」를 번역한 것이다. 베아
르아뱅 백작이 편집 책임자인 이 잡지는 지난 수년 동안 자유
의 원칙과 대중의 권익을 옹호하는 임무를 모든 사람들의 찬
사를 받을 만큼 성실하고 훌륭하게 수행해 오고 있다.

라파치니의 딸

아주 오래전에 지오바니 구아스콘티라는 젊은이가 파도
바 대학에서 공부를 계속하기 위하여 이탈리아의 남부 지방
에서 올라왔다. 경제적인 여유가 별로 없었기 때문에 지오바

---

10 여기에 열거한 작품들은 『스페인 성의 저녁』을 제외하고 모두 호손 자신의 작품
    이지만 제목이 조금씩 다르다. 모두 단편 소설들인데 장편 소설인 것처럼 기록
    하고 있다. 또 몇 권이니 몇 절판이니 하는 것도 사실이 아니다.

11 미국의 《데모크라틱 리뷰(Democratic Review)》를 비슷한 뜻의 프랑스어로 옮
    긴 것이다. 《데모크라틱 리뷰》의 편집 책임자는 호손의 친구인 존 오설리번
    (John O'Sullivan)이며 베아르아뱅 백작이 아니다.

니는 한 낡은 건물의 음울해 보이는 꼭대기 다락방에 숙소를 정했다. 그러나 그 건물은 한때 파도바 귀족의 궁전으로 쓰였기에 어디에 내놔도 손색이 없었고 실제로 입구 위쪽에는 오래전에 사라진 한 귀족 가문의 문장이 남아 있었다. 자기 나라의 위대한 시에 대해서 모르지 않았던 이 젊은이는, 이 가문의 한 조상이, 어쩌면 바로 이 저택의 주인이었을지도 모를 그 인물이, 단테에 의해 지옥에서 영원한 고통을 당하는 사람 중의 하나로 그려졌다는 사실을 떠올렸다. 이런 음울한 생각이 처음으로 고향을 떠나온 젊은이가 당연히 느낄 법한 슬픔과 섞여, 그로 하여금 황량하고 허름한 방을 돌아볼 때 깊은 한숨을 내쉬게 했다.

"아이고, 도련님!"

젊은이의 아름다운 모습에 이끌려, 그 방을 사람이 살 만한 장소로 가꾸게끔 친절히 도와 준 늙은 리자베타 부인이 큰 소리로 말했다.

"젊은 사람의 가슴에서 무슨 그런 한숨이 나오나요! 이 낡은 저택이 우울해 보여요? 자, 그렇다면 머리를 창밖으로 내놓아 봐요. 나폴리에 남겨 두고 온 태양 못지않게 밝은 햇빛을 볼 수 있을 테니."

구아스콘티는 기계적으로 리자베타 부인의 권유를 따랐지만 파도바의 햇빛이 남부 이탈리아의 그것만큼 밝고 쾌활하다는 그녀의 말에는 동의할 수 없었다. 그렇게 밝지는 않았지만 그 햇빛은 창문 아래쪽에 있는 정원을 비추며 아주 정성 들여 가꾼 것처럼 보이는 여러 가지 식물들을 보살피기라도 하듯 길게 뻗쳐 있었다.

"저 정원은 이 집에 딸린 건가요?"

지오바니가 물었다.

"아뇨, 하지만 이 집 정원에는 저기서 자라는 식물보다 더 좋은 식용 채소가 많아요."

리자베타 부인이 말했다.

"저 정원은 분명 나폴리까지도 그 명성이 알려졌을, 저 유명한 지아코모 라파치니 박사님이 손수 가꾼 정원이랍니다. 사람들이 그러는데 박사님은 저 식물들의 정수를 증류해서 마력적인 효능을 지닌 약을 만들어 낸다지요, 아마. 가끔 박사님의 딸이 정원에서 자라는 이상한 꽃들을 따는 모습도 볼 수 있을 거예요."

늙은 부인은 자신의 힘이 닿는 데까지 방 정돈을 돕고는 신의 가호가 있기를 바란다는 말을 남기고 방을 나갔다.

지오바니는 여전히 마땅히 할 일이 없어서 계속 창문 아래쪽에 있는 정원을 내려다보았다. 외견상으로 판단하건대 그 정원은 이탈리아의 다른 곳이나 혹은 세계 어느 곳보다도 더 일찍 파도바에 만들어진 고대 식물원 중의 하나쯤 되는 것 같았다. 어쩌면 한때 아주 부유한 가문의 휴양지였을지도 모를 일이었다. 왜냐하면 정원 한가운데에는 보기 흉할 정도로 무너져 내려서 어지럽게 널린 조각들만으로는 본래의 모양을 추적하기는 불가능하지만, 희귀한 기술로 우아하게 조각된 대리석 분수대의 잔해가 남아 있었기 때문이었다. 그런데 그 잔해로부터는 계속 물이 솟아오르며 아주 유쾌하게 햇빛에 반짝거렸다. 물이 콸콸 흐르는 소리가 젊은이의 창문에까지 들려와서 샘물은 마치 불멸의 정령처럼 느껴졌다. 그 샘물은 한 세기가 대리석의 모습으로 구현되고 또 다른 세기가 부서져 내리는 흙 위에 장식물을 흩뿌리는 동안에도 주변의 영고성쇠에 전혀 개의치 않고 끊임없이 자신의 노래를 부르고 있는 듯했다. 물이 흘러내려 이룬 웅덩이 주위로는 온갖 식물들이 자라고 있었는데, 커다란 잎사귀들과 화려하고 장려한 큰 꽃들에 자양분을 공급하려면 많은 양의 수분이 필요할 것 같았다. 그중 웅덩이 한복판의 대리석 항아리 안에 심긴 보라색 꽃들을 풍요롭게 피운 관목 하나가 유난히 눈에 띄었다. 꽃 한 송이 한 송이마다 보석 같은 색깔과 화려함을 지니고 있었고 모든 꽃송이가 함께 어우러져 어찌나 찬란한 빛을 발하는지 햇빛이 없다 해도 정원 전체를 다 밝힐 수 있을 것 같았다. 흙이 있는 곳마다 여러 가지 식물과 풀 들이 자라고 있었는데, 겉보기에 덜 아름답기는 해도 그것들을 기르는 과학자에게는 각각의 효능이 다 들여다보이듯 정성스러운 보살핌을 받고 있는 것이 분명했다. 어떤 것들은 화려한 조각을 두른 고풍스러운 단지 안에, 어떤 것들은 보통 정원용 화분 안에 들어 있었고, 또 어떤 것들은 마치 뱀처럼 땅을 기거나 온갖 수단은 가리지 않고 마구 위로 기어오르고 있었다. 한 식물은 베르툼누스 신의 입상을 화환처럼 장식하며 천처럼 늘어진 잎사귀로 주위를 두르고 있었는데, 조각가에게 연구거리를 제공할 수 있을 만큼 근사한 모양을 하고 있었다.

지오바니가 그렇게 창문에 서 있는데 나뭇잎 뒤쪽에서 바스락거리는 소리가 났다. 그는 누군가가 정원에서 일을 하고 있다는 것을 알게 되었다. 이윽고 한 사람의 모습이 나타났는데 보통 일꾼의 모습이 아닌, 키가 크고 마르고 병들어 보이는 창백한 얼굴에 학자처럼 검은 옷차림을 한 사람이었다. 그는 머리카락과 가는 턱수염이 희끗희끗한 초로의 남성으로, 얼굴엔 지성과 교양이 묘하게 배어 있었지만, 심지어 젊었을 때에도 따뜻한 마음을 표현해 본 적이 없을 것 같은 표정을 담고 있었다.

이 정원의 과학자가 모든 나무 하나하나를 꼼꼼히 점검하는 진지한 모습은 그 어디에도 비견할 수가 없었다. 마치 나무들의 내밀한 본성을 살피며 그들의 창조적 본질을 관찰하고, 왜 어떤 잎은 이런 모양으로 자라고 어떤 잎은 다른 모양으로 자라는가, 왜 어떤 꽃들은 같은 종인데도 색깔과 향기가 다른가, 하는 것들을 발견해 내고 있는 듯싶었다. 그러나 이런 깊은 이해력에도 불구하고 그 사람과 식물들 사이에는 어떤 친근감도 없어 보였다. 오히려 그는 아주 신중하게, 식물들과 직접 접촉을 한다든가 그것들의 향기를 직접 맡는 것을 피했다. 지오바니에게 강한 인상을 준 그런 태도가 어쩐지 기분 나쁘게 느껴졌다. 왜냐하면 그 사람의 태도는 한순간이라도 방심을 하면 치명상을 가할 수 있는 사나운 짐승이나 독사, 악령 같은 악의로 가득 찬 장소를 경계하며 걸어가는 이의 태도였기 때문이었다. 인간이 타락하기 전, 우리 조상들의 즐거운 노동이었던, 그리고 가장 단순하고 순수한 인간의 노동이어야 할 원예를 하는 사람이 이런 불안한 태도를 보이는 것은 젊은 이의 상상력에 이상한 공포감을 불러들였다. 그렇다면 이 정원은 오늘날의 에덴이라는 말인가? 그리고 자기 자신의 손으로 가꾼 것들에서 해악을 감지하는 이 사람은 오늘날의 아담이라는 말인가?

불신하는 태도를 지닌 그 정원사는 죽은 가지를 꺾어 내고 지나치게 무성히 자란 나뭇잎과 가지들을 다듬는 동안 두꺼운 장갑을 끼고 손을 보호하고 있었다. 장갑만이 유일한 보호 수단이 아니었다. 정원을 걷다가 대리석 분수대 옆의, 그

보랏빛 보석 같은 꽃들을 드리운 화려한 나무에 이르렀을 때 그는 이 모든 아름다움이 치명적인 악의를 감추고 있기라도 한 듯이 입과 코 위에 복면 같은 것을 걸쳤다. 그러나 자신이 하려는 작업이 아직도 너무 위험하다고 생각되었는지 그는 주춤 물러서며 복면을 벗고는 큰 소리로, 그러나 속병을 앓는 사람처럼 허약한 목소리로 사람을 불렀다.

"베아트리체! 베아트리체!"

"여기 있어요, 아버지. 왜 그러세요?"

맞은편 집의 창문에서 젊고 풍요로운 목소리가 들려왔다. 열대 지방의 황혼빛처럼 윤택한 그 목소리를 듣자 지오바니는 왠지 모르게 보라색이나 진홍빛처럼 짙은 색깔과 독할 정도로 강한 향기를 연상했다.

"정원에 계세요?"

"그래, 베아트리체. 네 도움이 필요하구나."

정원사가 대꾸했다.

조각 장식을 한 현관 입구 아래로 곧 젊은 아가씨의 모습이 나타났다. 가장 화려한 꽃처럼 풍요한 취향의 옷차림을 한 아가씨는 환한 낮처럼 아름다웠고 조금만 더 진해도 너무 지나칠 만큼 짙다고 생각될 정도로 싱싱하게 활짝 피어오르고 있었다. 그녀에게선 생동감과 건강과 힘이 넘쳐 보였다. 이 모든 속성이 그녀의 허리띠로, 말하자면 풍요로움 속에 단단히 매여 있는 것 같았다. 그러나 지오바니가 정원을 내려다보는 동안 그의 상상력은 병적으로 흘러가고 있었음에 틀림없었다. 왜냐하면 그 아름다운 아가씨가 마치 꽃들의 자매나 되는 것처럼 예쁘게, 아니 모든 꽃들 중에서 가장 풍요로운 꽃보다 더 아름답게 느껴지면서도 오직 장갑을 끼어야만 만질 수 있고 복년을 둘러야만 접근할 수 있을 것처럼 느껴졌기 때문이었다. 베아트리체는 정원길을 따라 걸어오면서 그녀의 아버지가 조심스럽게 피했던 나무들을 아무렇지도 않게 만지고, 심지어 그것들의 향기까지 들이마셨다.

"여기야, 베아트리체."

아버지가 말했다.

"이 보물 나무에 얼마나 많은 손질이 필요한지 알겠지. 이제 난 많이 쇠약해졌지만 필요하다면 목숨을 걸고 이 나무에 가까이 접근해야 할지도 몰라. 그러니 이제부터 이 나무의 관리를 네가 전적으로 맡아 주어야 할 것 같은데, 어떠냐."

"기꺼이 제가 맡죠."

젊은 아가씨는 다시 한 번 풍요로운 목소리로 대답하며 그 화려한 나무를 향해 몸을 굽히면서 마치 안으려는 듯 두 팔을 벌렸다.

"그래, 나의 영광인 내 동생. 이제 이 베아트리체가 너를 가꾸고 보살펴 줄게. 너의 키스와 향기로운 숨결로 나에게 보답해 줘. 너의 그 향기로운 숨결이 나에겐 생명의 숨결이니까."

그리고 그녀는 자신이 표현한 대로 아주 부드러운 태도와 몸짓으로 그 나무가 필요로 하는 듯한 일들에 열심히 몰두했다. 지오바니는 창문에 기대서서 눈을 비비며 이 모든 걸 내려다보았는데, 한 아가씨가 아끼는 꽃을 돌보는 것인지 아니면 두 자매가 서로 애정을 나누는 것인지 거의 분간을 할 수가 없었다. 그 광경은 곧 끝났다. 라파치니 박사가 정원 일을 끝마친 것인지, 아니면 주의 깊은 눈동자가 낯선 사람의 얼굴을 포착한 것인지, 하여튼 그는 딸의 팔을 끼고 집 안으로 들어가 버렸다. 벌써 밤이 다가왔고, 정원의 꽃들로부터 발산되는 강하고 역겨운 향기가 열린 창문으로 스며드는 것 같았다. 지오바니는 창문을 닫고 긴 의자로 가서 풍요로운 꽃과 아름다운 아가씨에 대하여 꿈을 꾸었다. 꽃과 아가씨는 다르기도 했고 또 같기도 했으며, 각각의 모습 안에는 기묘한 위험이 도사리고 있는 듯했다.

그러나 아침의 밝은 햇빛 안에는 해가 저문 후, 혹은 밤의 어둠 속에서, 또는 음울한 달빛 속에서 우리가 일으킬 수 있는 그릇된 환상이나 잘못된 판단을 바로잡아 주는 묘한 영향력이 있는 법이다. 잠에서 깨어난 지오바니가 처음으로 한 일은 창문을 열어젖히고 그의 꿈을 그처럼 신비로 가득 채웠던 그 정원을 내려다보는 일이었다. 그러나 그곳이 아침의 첫 햇살 속에서 얼마나 일상적이고 현실적인 모습을 하고 있는지를 확인하고, 지오바니는 놀랍기도 하고 부끄럽기도 했다. 아침 햇살은 잎사귀와 꽃들에 맺힌 이슬방울들을 금빛으로 반짝이게 하고 희귀한 여러 꽃들의 아름다움을 더 밝게 하면서 주위의 모든 것들을 일상적인 경험의 경계 안으로 불러들였다. 젊은이는 메마른 도시의 한복판에서 이처럼 아름답고 화려한 식물들로 가득한 정원을 내려다볼 수 있는 특권을 누리는 게 몹시 기뻤다. 그는 이 정원이 하나의 상징적인 언어로서 그를 자연과 계속 교감할 수 있도록 해 주리라고 생각했다. 병약하고 생각 탓에 지친 듯한 지아코모 라파치니 박사도, 그의 화려한 딸도, 지금은 보이지 않았다. 그래서 지오바니는 두 사람에 대해 자신이 품었던 기이한 생각이 얼마큼 실제 그들의 특질에서 온 것이고, 얼마큼 자기의 환상적인 상상으로부터 비롯된 것인지를 결정할 수가 없었다. 그러나 그는 그 모든 것에 대해서 이성적이고 합리적인 판단을 하고 싶었다.

낮 동안에 그는 자신의 소개장을 제출해야 할 그 대학의 의학 교수며 탁월한 명성의 의사인 피에트로 발리오니 교수를 찾아가 인사를 드렸다. 발리오니 교수는 나이가 지긋한 분으로 유쾌하다고 할 수 있을 정도로 친절한 성격과 상냥한 태도를 지닌 사람으로 보였다. 그는 젊은이에게 식사 대접까지 해 주었고 특히 토스카나 포도주 한두 병으로 주기가 돌자 자유롭고 쾌활하게 이야기를 하며 아주 상냥하게 대해 주었다. 지오바니는 같은 도시에 사는 과학자로서 틀림없이 서로 가까이 지내는 사이이리라고 생각하며 기회를 보아 라파치니 박사에 대해서 물었다. 그러나 그가 예상했던 것과는 달리 발리오니 교수의 반응은 그다지 따뜻하지 못했다.

"라파치니처럼 탁월한 기술을 가진 의사에게 마땅히 받을 만한 찬사를 유보한다는 것은 신성한 의술을 가르치는 선생으로서 온당한 일이 아니겠지."

피에트로 발리오니 교수는 지오바니의 물음에 답했다.

"하지만 내 옛 친구의 아들이기도 한 자네 같은 훌륭한 젊은이가 앞으로 자네의 운명을 손안에 쥘 수도 있을 사람에 대해서 부정확한 생각을 가지도록 내버려 둔다면 그건 내 양심상 너무 인색하게 구는 게 될 걸세. 사실 라파치니 박사로 말하자면 우리 대학의 교수 누구 못지않게 과학적 지식을 많이 갖춘, 어쩌면 파도바에서 아니 이탈리아 전체에서도 가장 탁월한 예외적 인물이라고 말할 수 있지. 하지만 그에겐 직업상의 성격에 있어서 아주 심각한 문제점이 있어."

"그 문제점이라는 게 뭔데요?"

젊은이가 물었다.

"의사들에 대해서 그처럼 꼬치꼬치 캐묻는 걸 보니 자네

몸이나 가슴에 무슨 병이 있는 거 아닌가?"

발리오니 교수는 미소를 지으며 말했다.

"사람들은 라파치니에 대해서 그가 인간보다는 과학에 대해서 훨씬 강한 애정과 관심을 보인다고들 말하는데, 그를 잘 아는 나로서도 그 말이 옳다고 생각하네. 그는 오직 새로운 실험의 대상으로서만 환자에게 흥미를 가지지. 그는 엄청나게 쌓아 올린 자신의 지식에 겨자씨 한 알만큼의 지식을 더하기 위해서 인간의 생명을, 자기 자신의 생명을, 아니 자기에게 가장 소중한 것까지도 희생할 수 있는 그런 사람이야."

"정말 무서운 분 같군요."

라파치니의 차갑고 철저하게 지적인 모습을 머릿속에 떠올리며 구아스콘티가 말했다.

"하지만 교수님, 그건 고매한 정신이 아닌가요? 과학에 대해서 그처럼 강렬한 정신적 사랑을 가질 수 있는 사람이 그렇게 흔할까요?"

"물론 흔하지 않지. 하지만 최소한 다른 의사들은 의술에 있어서만큼은 라파치니보다는 더 건전한 생각들을 가지고 있다네."

발리오니 교수는 약간 퉁명스럽게 대답했다.

"라파치니의 이론은, 모든 의약적 효능은 우리가 식물적 독성이라고 부르는 물질에 함유되어 있다는 거야. 그는 자신의 손으로 직접 이 물질들을 개발하고 있는데, 자연이 이 학자의 도움 없이 본래의 능력만으로 이 세계를 고통에 빠지게 할 수 있을 그 독보다 훨씬 더 끔찍하고 새로운 종류의 독을 만들어 내기까지 했다고 사람들은 말하지. 라파치니 박사가 그처럼 위험한 물질로 빤히 예상할 수 있는 어떤 해로운 일을 하고 있다는 건 부인할 수 없는 사실이야. 이따금 아주 놀랄 만한 치료에 성공하거나 성공한 것처럼 보이는 것도 인정해야지. 하지만 지오바니 군, 내가 솔직히 말하건대 어쩌면 우연히 성공한 사례 몇 개 때문에 그가 명성을 얻어서는 안 되고, 오히려 자업자득이 될 수밖에 없는 실패 사례들에 대해서 엄격히 책임을 져야 한다고 생각하네."

만일 그 젊은이가 발리오니 교수와 라파치니 박사 사이에 오래전부터 직업상의 불화가 계속되어 왔고, 라파치니 박사가 대체로 더 우세한 위치에 있다는 사실을 알았더라면 그는 발리오니 교수의 의견을 상당히 참작해서 받아들였을 터다. 만일 독자들도 스스로 판단해 보고 싶다면 파도바 대학의 의학과에 보존되어 있는 두 사람의 소책자와 논문들을 참고해 보기 바란다.

"학식 있는 교수들이 어떤지 잘 모르겠습니다만."

오직 과학에만 열정을 쏟는다는 라파치니의 이야기를 음미해 본 다음에 지오바니가 다시 말했다.

"이 라파치니라는 분이 자신의 의술을 얼마나 소중하게 사랑하는지는 잘 모르겠습니다만, 분명 그에게 더 소중한 것이 하나 있는 것 같습니다. 그분의 딸 말인데요."

"아하! 이제 우리 친구 지오바니의 비밀이 드러나는군."

발리오니 교수는 웃으며 큰 소리로 말했다.

"파도바의 모든 젊은이들이 열광하는, 그렇지만 그녀의 얼굴을 볼 만큼 운 좋은 사람은 대여섯도 안 되는, 그 아가씨의 이야기를 들어 본 게로군. 라파치니가 딸한테 자신의 과학적 지식을 상당히 깊게 가르쳤다는 것과 젊고 아름답다고 소문이 났으며 또 그녀가 이미 교수 자리에 들어설 만큼 자격을 갖췄다는 사실 외에는, 베아트리체 양에 대해서는 별로 아는 게 없네. 어쩌면 그녀의 아버지가 딸을 내 자리에 앉히려고 할지도 모르지! 다른 이상한 소문들도 떠돌지만 이야기하거나 귀 기울일 만한 가치가 별로 없는 것들이야. 자, 지오바니 군, 자네 라크리마(포도주) 잔을 마저 비우게."

구아스콘티는 자신이 마신 포도주로 기분이 약간 훈훈해져서 숙소로 돌아왔다. 술기운에다 라파치니 박사와 아름다운 베아트리체에 관한 이상한 환상으로 머리가 빙빙 도는 듯했다. 집에 오는 길에 그는 우연히 꽃가게를 지나다가 싱싱한 꽃다발을 하나 샀다.

방으로 올라가서 그는 창문 가까이, 그러나 들키지 않고 정원을 내려다볼 수 있도록 벽 깊숙한 곳에 드리워진 그늘 속에 자리를 잡고 앉았다. 그의 눈 아래로는 오직 정적만이 깔려 있었다. 이상한 식물들이 햇빛을 나른히 쬐면서 이따금 마치 동족 사이의 공감을 확인하고 인정하기라도 하듯 서로 조용히 머리를 끄덕이고 있었다. 조각이 무너져 내린 분수대 옆 한복판에는 보랏빛 보석들로 온몸을 풍요롭게 두른 화려한 관목이 자라고 있었는데, 보석 같은 그 꽃들은 공중에서 타오르면서 웅덩이의 깊은 곳으로부터 다시 비치기도 했고 그 웅덩이는 거기에 잠긴 풍요로운 반영으로 말미암아 화려한 광채로 넘쳐흐르는 것 같았다. 처음엔 우리가 이야기한 것처럼 정원에는 정적만이 깔려 있었다. 그러나 곧, 지오바니가 그러기를 바라기도 하고 한편으로는 그럴까 봐 두려워하기도 한 대로 고풍스러운 조각이 있는 한 현관 입구 아래에서 여인의 모습이 나타났다. 그녀는 식물들이 줄지어 서 있는 사이로 걸어 내려오면서 마치 옛 우화 속에 나오는 달콤한 향기를 먹고사는 요정처럼 여러 식물들의 향기를 들이마시고 있었다. 젊은 이는 베아트리체를 다시 보면서 그녀의 아름다움이 자기가 기억하는 아름다움을 훨씬 능가한다는 사실을 깨닫고 몹시 놀랐다. 그녀의 아름다움은 아주 밝고 싱싱해서 햇빛 속에서 타오르는 듯했고 지오바니가 혼잣말을 중얼거리고 있을 때 정원 사이사이의 그늘진 길들을 정녕 환히 밝혀 주고 있는 것 같았다. 그녀의 얼굴은 지난번보다 더 잘 드러나 보였고 그는 꾸밈없고 상큼한 그녀의 표정에 다시 한 번 놀랐다. 그 표정은 자신이 생각하는 그녀의 특성과 잘 들어맞지 않아서, 그로 하여금 그녀가 어떤 종류의 인간일까 하고 다시 한 번 생각해 보게 했다. 그는 또한 그 아름다운 아가씨와 분수대 위로 보석 같은 꽃을 늘어뜨린 화려한 관목 사이에 유사성이 있음을 깨닫고 그것에 대해 곰곰 생각해 보았다. 베아트리체는 옷차림과 옷의 색채로 환상적인 기분을 고조시키면서 그녀와 그 나무가 서로 닮았음을 유난히 강조하고 있는 것 같았다.

그 나무로 다가가면서 그녀는 아주 열정적인 몸짓으로 두 팔을 벌려 가지들을 끌어안았는데 그 포옹이 하도 정에 넘쳐서 그녀의 얼굴은 잎사귀 속에 묻히고 반들거리는 곱슬머리는 꽃들과 온통 뒤섞일 정도였다.

"내 동생아, 나에게 네 숨결을 뿜어 주렴."

베아트리체가 소리쳤다.

"보통 공기는 답답해서 그래. 그리고 이 꽃도 주지 않겠니? 줄기에서 아주 부드럽게 딸게. 그래서 내 가슴 가까운 곳에 그걸 달아 놓고 싶어."

이렇게 말하면서 라파치니의 아름다운 딸은 가장 화려한 꽃 한 송이를 꺾어서 그것을 가슴에 막 달려고 했다. 그러나 그 순간, 지오바니의 술기운이 그의 감각을 혼란하게 한 게 아니라면, 아주 이상한 사건이 일어났다. 도마뱀 혹은 카멜레온 종류의 주황빛 조그만 파충류 한 마리가 마침 길을 따라 기어오다가 베아트리체의 발치에 이르러 있었다. 그런데 ─ 지오바니가 보고 있는 거리가 너무 멀어서 아주 세세한 것까지 다 보기는 어려웠지만 ─ 그때, 꺾인 꽃의 줄기에서 물방울이 한두 개 도마뱀의 머리 위로 떨어지는 것처럼 보였다. 그러자 도마뱀은 심하게 경련을 일으키더니 이내 축 늘어져 햇빛 속에서 꼼짝 않는 것이었다. 베아트리체는 이 희한한 광경을 보더니 슬픈 얼굴로, 그러나 놀라는 표정은 전혀 없이, 가슴에 성호를 그었다. 그러고는 망설임 없이 곧 그 치명적인 꽃을 가슴에 달았다. 그 꽃은 베아트리체의 가슴 위에서 값진 보석처럼 눈부신 빛을 발하며 발그레 피어오르면서 그녀의 옷과 모습에 이 세상의 어떤 것도 가져다줄 수 없는, 그런 조화로운 매력을 부여했다. 그러나 지오바니는 창문의 그늘진 곳에서 몸을 내밀었다가 다시 움츠리며 몸을 떨었다. 그러고는 중얼거렸다.

"내가 지금 깨어 있는 것인가? 감각이 제대로 있는 것인가? 베아트리체의 존재는 무엇인가? 그녀를 아름답다고 불러야 하는가, 형언할 수 없을 만큼 끔찍하다고 불러야 할 것인가?"

베아트리체는 정원 속을 이리저리 헤매듯 돌아다니다가 이제 지오바니의 창문 아래께에 이르렀다. 그래서 지오바니는 그녀가 불러일으킨 강렬하고 고통스러운 호기심을 충족하기 위해서 숨어 있던 곳으로부터 머리를 밖으로 내밀지 않을 수 없었다. 바로 그 순간 아름다운 곤충 한 마리가 정원의

벽을 넘어왔다. 아마도 그것은 시내를 방황하며 옛날 사람들이 드나들던 도시의 옛 건물들 사이에서 아무런 꽃이나 파릇한 초목을 발견하지 못하다가 라파치니 박사 정원의 짙은 향기에 유혹되어 멀리서부터 이곳까지 날아온 것 같았다. 이 화려한 날개의 곤충은 베아트리체에게 끌린 듯 다른 꽃들에 내려앉지 않고 공중에 머물며 그녀의 머리 주위에서 파들댔다. 그런데 그때, 지오바니 구아스콘티의 눈이 그를 속였다고 볼 수밖에 없을 것 같은 일이 벌어졌다. 사실이 어찌되었건 그는 베아트리체가 어린애처럼 기뻐하며 그 곤충을 쳐다보는 동안 그것이 점점 힘을 잃어 가더니, 결국 그녀의 발밑으로 떨어져 화려한 날개를 파르르 떨다가 죽어 버리는 광경을 분명히 목격한 것이었다. 베아트리체의 입김이 아니라면 그 죽음의 원인이 무엇인지, 그로서는 전혀 짐작할 수가 없었다. 베아트리체는 다시 가슴에 성호를 긋고 죽은 곤충을 내려다보며 무거운 한숨을 내쉬었다.

지오바니의 움찔거리는 동작에 그녀의 눈길이 창문을 향했다. 거기서 그녀는 젊은이의 아름다운 머리 모양을 보았다. 준수한 용모에 금빛 곱슬머리를 한, 이탈리아적이기보다는 그리스적인 풍모의 한 젊은이가 공중에 떠도는 존재처럼 위에서 그녀를 내려다보고 있었던 것이다. 지오바니는 얼떨결에 쥐고 있던 꽃다발을 그녀에게 던지며 말했다.

"아가씨, 청순하고 싱싱한 꽃입니다. 지오바니 구아스콘티를 위해서 받아 주십시오."

"고맙습니다."

베아트리체가 풍요로운 목소리로 대답했다. 그 목소리는 반쯤 어린애다운, 반쯤 성숙한 여인 같은 즐거운 표현을 담고 마치 음악처럼 쏟아져 나왔다.

"댁의 선물은 잘 받겠어요. 저도 이 귀한 보랏빛 꽃을 선물로 드리고 싶지만 여기서 던지면 거기까지 닿지가 않겠군요. 그러니 제 감사의 말로 만족해 주셔야겠네요, 구아스콘티 씨."

그녀는 땅에서 꽃다발을 집어 들고는 처녀의 자세에서 벗어난, 이를테면 낯선 남자의 인사에 쉽게 응한 것을 마음속으로 부끄럽게 여기기라도 한 듯 빠른 걸음으로 집 쪽으로 향했다. 그러나 짧은 순간이긴 하지만, 지오바니는 그녀가 현관 입구 아래로 막 사라지려고 할 때 아름다운 꽃다발이 그녀의 손 안에서 이미 시들기 시작하는 것을 본 것 같았다. 그것은 아마도 근거 없는 생각이었을 터다. 그처럼 먼 거리에서 시든 꽃과 싱싱한 꽃을 구분한다는 것은 불가능한 일이었기 때문이었다.

이 사건이 있은 후 며칠 동안 젊은이는 라파치니 박사의 정원이 보이는 창문을 일부러 피했다. 만일 자기도 모르게 그 정원에 눈길을 줬다가는 무슨 추악하고 기괴스러운 광경이 자신의 시야를 망쳐 버릴지 알 수 없었기 때문이었다. 그는 베아트리체와 인사를 나눈 다음부터 이미 알 수 없는 어떤 힘의 영향에 자신이 어느 정도 빠져들었음을 의식하고 있었다. 그의 마음이 진정 어떤 위험에 처해 있다면 가장 현명한 선택은 즉시 그 숙소와 파도바 자체를 떠나는 것이었을 터다. 차선의 길은 가능한 한 베아트리체에 대한 밝고 친근한 생각에 스스로 익숙해짐으로써 의식적으로 그리고 엄격하게 그녀와의 관계를 일상적인 차원에 머무르게 하는 것이었다. 그녀와 마주치는 일을 피하면서도, 이 이상한 여인과 이처럼 가까운 거리에 계속 머물러 있다는 것은 최악의 길인 셈이었다. 그녀와 가까이 있고 또 그녀와 접촉할 수 있다는 사실은 그의 상상력이 제멋대로 끊임없이 만들이 내는 엉뚱한 환상들에 그럴싸한 현실감을 부여했던 것이다. 구아스콘티는 마음이 깊은 사람은 아니었다. 어쨌든 지금 그가 지닌 마음의 깊이를 측정할 수는 없었다. 그러나 그는 어느 순간에라도 격정적인 상태에 이를 수 있는 남부의 열정적인 기질과 빠른 상상력을 가지고 있었다. 베아트리체가 그 끔찍한 특질들, 예컨대 치명적인 숨결이라든가 지오바니가 직접 목격한바 그 아름답고 치명적인 꽃의 특성을 실제로 가지고 있든 그렇지 않든 간에, 적어도 그녀는 지오바니의 몸 안으로 강렬하면서도 섬세한 독을 이미 주입한 것이었다. 그녀의 풍요로운 아름다움이 그를 사로잡은 건 사실이지만 그것은 사랑이 아니었고, 그녀의 정신이 그녀의 육체에 퍼진 것처럼 보이는 독성에 젖어 있다고 생각하기는 해도 그것은 또한 공포가 아니었다. 그것은 사랑처럼 타오르기도 하고 공포처럼 떨기도 하는, 사랑과 공포 사이에서 태어난 자식이었다. 지오바니는 무엇을 두려워해야 할지를 알지 못했고 무엇을 희망해야 할지는 더더욱 알지 못했다. 그렇게 희망과 두려움이 그의 가슴속에서 계속 다투었다. 하지만 한쪽이 이겼다가는 다시 다른 쪽이 이기고 그러면서 또다시 새로운 싸움을 시작하는 것이었다. 모든 단순한 감정은, 그것이 어두운 것이든 밝은 것이든 다 축복을 받았다! 지옥의 벌건 불길을 만들어 내는 것은 밝음과 어둠의 무시무시한 혼합이 아니던가.

때때로 그는 파도바의 거리나 성문들 너머까지 빠른 걸음으로 걸으면서 열기에 들뜬 정신을 가라앉히려고 애썼다. 그럴 때면 그의 발걸음은 머릿속의 박동에 박자를 맞추어 달리는 것처럼 빨라지기 일쑤였다. 어느 날 그런 그의 발걸음이 제

지당하고 말았다. 한 뚱뚱한 사람이 젊은이를 알아보고는 헐떡거리며 뒤쫓아와서 그의 팔을 붙든 것이었다.

"지오바니 군! 잠깐 멈추게!"

그가 소리쳤다.

"아니 날 잊었나? 내가 만일 자네만큼 많이 변했다면 그럴 만도 하겠군."

그 사람은 발리오니 교수였다. 지오바니는 그의 약은 듯한 현명함이 자신의 비밀을 깊이 꿰뚫어 보고 있는 것 같아서 처음 만난 이후로 그를 피해 오고 있었다. 마음을 가라앉히려고 애쓰면서 그는 내면의 세계로부터 외부의 세계를 혼란스러운 눈길로 바라보았다. 그러면서 마치 꿈을 꾸는 사람처럼 말했다.

"네, 전 지오바니 구아스콘티입니다. 선생님은 피에트로 발리오니 교수님이시고요. 이제 가게 해 주십시오!"

"아니, 아직 안 되네, 지오바니 구아스콘티 군."

발리오니 교수는 미소를 지으면서, 그러나 동시에 젊은이를 진지한 시선으로 찬찬히 살피면서 말했다.

"아니, 내가 자네 아버지랑 어려서부터 함께 자란 친구인데, 그런 친구의 아들을 이 파도바의 옛 거리에서 낯선 사람처럼 그냥 지나가게 할 수가 있나? 잠깐 그대로 있게, 지오바니 군. 헤어지기 전에 한두 마디 해야겠네."

"그렇다면 빨리 말씀하시지요, 교수님."

지오바니는 열에 들떠 조급하게 말했다.

"제가 지금 바쁜 걸 보시면 아실 텐데요."

그가 이야기하고 있을 때 검은 옷차림의 한 남자가 길을 따라 걸어왔다. 그 사람은 건강이 좋지 않은 사람처럼 구부정한 모습으로 힘없이 걷고 있었다. 그의 얼굴은 누르스름하게 병색이 가득해 보였지만 아주 강하고 날카로운 지적인 표정을 담고 있어서 사람들의 눈에는 그의 허약한 육체적 특질보다 놀랄 만큼 강해 보이는 지적인 모습이 더 띄었을 것이다. 이 사람은 그들 옆을 지나가면서 발리오니와 냉랭한 인사를 주고받았다. 그러나 그의 시선은, 눈앞의 젊은이 안에서 필요한 것이라면 뭐든지 다 끌어낼 수 있을 것 같은 강한 집중력으로 지오바니를 향하고 있었다. 그런데 그 시선에는 젊은이에 대한 인간적인 관심이 아니라 단순히 사변적인 관심일 뿐인 묘한 차분함이 담겨 있었다.

"저 사람이 바로 라파치니 박사일세!"

그 낯선 사람이 지나간 후에 발리오니 교수가 속삭였다.

"저 양반이 전에 자네 얼굴을 본 적이 있나?"

"제가 알기로는 없는데요."

지오바니는 라파치니라는 이름에 깜짝 놀라며 대답했다.

"아니 자네를 본 거야! 자네를 본 적이 있는 게 틀림없어!"

발리오니 교수가 조급하게 말했다.

"무슨 목적으로 그러는지는 모르지만 저 과학자는 지금 자네를 연구 대상으로 삼고 있네. 그의 표정을 보면 알지! 어떤 실험을 위해서 꽃의 향기로 죽이곤 하는 실험용 새나 쥐나 나비를 들여다볼 때처럼 차게 빛나는 바로 그 표정이야. 그 표정은 자연 그 자체처럼 깊지만 자연의 따뜻한 사랑을 결여하고 있네. 내 목숨을 걸고 단언하건대 자넨 지금 라파치니의 실험 대상이 되어 있는 걸세!"

"절 아주 바보 취급하시는 겁니까?"

지오바니가 격하게 말했다.

"그것참 괴상한 실험이겠습니다, 교수님."

"침착하게! 침착해!"

발리오니 교수가 차분하게 말을 받았다.

"불쌍한 지오바니, 분명히 말하지만 라파치니는 지금 자네에게 과학적인 흥미를 가지고 있네. 자넨 지금 무서운 손아귀에 빠져들고 있는 거라고! 그리고 베아트리체 양 말인데, 이 이상한 일에서 그녀가 하는 역할이 뭔가?"

그러나 구아스콘티는 발리오니 교수의 집요함을 더 이상 견딜 수 없어서 그를 뿌리치고는 그가 자신의 팔을 다시 붙들기 전에 그 자리를 떠났다. 발리오니는 젊은이의 뒷모습을 지켜보면서 머리를 설레설레 흔들었다.

"그렇게 돼서는 안 되지."

발리오니는 혼자 중얼거렸다.

"저 젊은이는 내 옛 친구의 아들인데 의학의 힘을 빌릴 수밖에 없는 그런 해를 당하게 해선 안 되지. 더욱이 라파치니가, 말하자면 저 애를 내 손에서 낚아채 가서 악마 같은 실험에 이용하려고 하는 것은 도저히 참을 수 없는 무례한 짓이라는 말이야. 라파치니의 딸도 문제야! 조심해야지. 학식이 높다는 라파치니, 자네가 전혀 생각하지 않은 곳에서, 어쩌면 자네에게 좌절과 실패를 맛보게 할 일이 생길지도 모르겠네!"

한편 지오바니는 우회로를 돌아 결국 숙소의 문 앞에 이르렀다. 현관을 가로질러 가다가 그는 리자베타 부인을 만났다. 그녀는 희죽희죽 웃으며 분명 젊은이의 주의를 끌려고 했지만 성공을 거두지 못했다. 지오바니의 격앙된 감정이 그를 잠시 차고 무감각한 허탈감에 빠져들게 했기 때문이었다. 그는 웃음으로 오므라드는 그녀의 주름진 얼굴에 정면으로 눈길을 주면서도 그녀의 진정한 바람을 눈치채지 못한 것 같았다. 그래서 그 노부인은 젊은이의 망토를 붙들었다.

"도련님! 도련님!"

그녀는 온 얼굴에 웃음을 띠면서 속삭였는데, 그 모습은 마치 오랜 세월 탓에 칙칙해진 괴기스러운 나무 조각품 같아 보였다.

"들어 보세요, 도련님! 저 정원으로 통하는 비밀 통로가 있어요!"

"뭐라고 그러셨죠?"

지오바니는 무생물이 열기 찬 생명체로 돌변하듯 몸을 홱 돌리며 외쳤다.

"라파치니 박사 댁의 정원으로 통하는 비밀 입구가 있다고요?"

"쉿! 그렇게 큰 소리로 이야기하지 말아요!"

리자베타 부인이 그의 입을 손으로 막으며 속삭였다.

"그래요. 별의별 훌륭한 관목들을 다 볼 수 있는 그 유명한 박사님 댁 정원으로 통하는 입구 말이에요. 수많은 파도바의 젊은이들이 그 꽃들을 볼 수만 있다면 금도 아까워하지 않을 거예요."

지오바니는 금화 한 닢을 그녀의 손에 쥐어 주었다.

"입구를 좀 가르쳐 주시죠."

아마도 발리오니 교수와의 대화에 자극받은 탓이겠지만, 어쩌면 리자베타 부인의 이런 제안은, 그것의 성격이 어떤 것이든 간에 라파치니 박사가 그를 연루시키려 한다고 발리오니 교수가 믿는 어떤 음모와 관계가 있을지도 모르겠다는 생각이 그의 머리를 스치고 지나갔다. 그런 의심이 그를 불안하게 한 것은 사실이었지만 그를 제지할 정도는 아니었다. 베아트리체에게 접근할 수 있는 가능성을 얻게 된 순간, 그는 그 접근을 반드시 해야 할 일처럼 생각하게 됐다. 그녀가 천사건 악마건 그것은 문제가 아니었다. 그는 이제 돌이킬 수 없이 그녀의 영향권에 들어선 터라, 점점 더 원을 좁혀 가며 그를 계속 앞으로 세차게 몰아가는 절대적인 힘에 복종할 수밖에 없었다. 그것이 어떤 결과를 불러올지 그는 예측해 보려고 시도하지도 않았다. 그러나 이상하게도 그 순간 갑작스러운 의심이 그의 머리를 스쳤다. 자신의 이 짙은 관심은 하나의 망상이 아닌가, 자신을 이처럼 가늠할 수 없는 상태로 몰아붙이는 것을 스스로에게 정당화할 수 있을 만큼 그 관심이 그토록 깊고 확실한 성질의 것인가, 그것은 그의 본심과 별 관계가 없거나 전혀 관계가 없는 젊은이의 들뜬 환상에 지나지 않는 것은 아닌가 하는 그런 의문이었다.

그는 잠시 멈춰 서서 망설이며 몸을 반쯤 돌리기도 했지만 결국 다시 그녀의 뒤를 따라갔다. 늙은 안내인은 알 수 없는 이상한 길들을 따라 이리저리 그를 인도하더니 마침내 한 문을 열었다. 문을 열자 살랑거리는 나뭇잎들의 소리와 형체가 느껴졌고 잎 사이로 햇빛이 희미하게 스며들며 반짝거렸다. 지오바니는 열린 문을 통해 비밀 입구 위로 덩굴손을 휘감고 있는 관목의 엉킨 가지들을 비집고 들어가서 라파치니 박사의 정원이 시작되는, 자신의 방 창문 바로 아래에 이르렀다. 불가능한 일들이 실제로 일어나고 꿈의 뿌연 환영이 명확한 현실로 선명히 뒤바뀔 때, 그런 일이 일어난다는 것을 상상하면 기뻐 날뛰거나 비탄에 빠질 것 같은 상황에서 오히려 침착하고 냉정하게 되는 경우를 우리는 얼마나 자주 경험하는가!

운명은 우리를 이처럼 어긋나게 하면서 쾌감을 느낀다. 또한 열정은 제 마음대로 자신이 원하는 시간에 왈칵 달려들면서도 정작 적절한 상황이 나타나기를 바라는 때에는 뒤에서 미적거리며 게으름을 피운다. 지금 지오바니의 경우가 바로 그랬다. 베아트리체를 만나 바로 이 정원에서, 동양의 햇빛 같은 그녀의 아름다움을 쬐며 서로 마주 보고 서서, 자기 삶의 수수께끼 같은 신비를 그녀의 눈빛에서 캐내는, 그런 실현 불가능해 보이는 생각 때문에 그의 가슴은 매일매일 뜨거운 피로 고동쳤다. 그러나 막상 지금 그의 가슴은 때맞지 않은 이상한 평온을 유지하고 있었다. 그는 베아트리체나 그녀의 아버지가 혹시 나와 있지 않나 보려고 정원 주위를 돌아보았다. 그러나 그곳에 자기 혼자만 있다는 사실을 확인하고 그는 정원에 있는 식물들을 자세히 살펴보기 시작했다.

그것들은 하나같이 모두 그의 마음에 들지 않았다. 그것들의 화려함은 너무 강하고 지나치게 열정적이고 부자연스럽기까지 했다. 숲 속을 헤매다가 그런 나무들이 야생으로 자란 것을 보았다면 그것들은 예외 없이, 마치 덤불 속에서 무시무시한 얼굴이 노려보고 있는 것처럼 우리를 깜짝 놀라게 했을 터다. 또한 어떤 것들은 여러 가지 다른 식물을, 말하자면 간통시키다시피 심하게 이종 교배를 한 탓에 더 이상 신의 창조물이 아니라 오직 아름다움의 사악한 모방인, 인간의 타락한 상상력이 만들어 낸 괴기스러운 작품처럼 보였는데, 그 조작된 형상은 섬세한 본능과 감성을 가진 사람에게는 충격을 주었을 것이다. 그것들의 한두 경우는, 어쩌면 각각은 아름답고 귀여운 식물들을 하나로 혼합해서 정원 전체에 감도는 알 수 없는 기괴한 특질을 부여하려는 실험의 성공적인 결과였을지도 모른다. 결국 그중에서 지오바니가 알아볼 수 있었던 것은 평소 잘 알던 독성을 지닌 두세 종류의 식물뿐이었다. 이처럼 식물들을 살펴보는데 어디선가 명주옷 같은 것이 스치는 소리가 들렸다. 소리가 나는 쪽으로 몸을 돌리자 베아트리체가 조각을 해 놓은 현관 입구 밑에서 나오는 모습이 보였다.

지오바니는 자신이 어떤 태도를 취해야 할지, 정원에 침입한 사실에 대해서 사과를 해야 할지, 아니면 자신이 원하지 않더라도 라파치니 박사나 그의 딸과 은연중에 어떤 공감을 나누는 척을 해야 할지 스스로 생각해 보지 않았다. 그러나 베아트리체의 자연스러운 태도는 자신이 어떻게 이곳에 들어올 수 있었는가 하는 의문을 해소해 주지 못했지만 그의 마음을 편하게 해 주었다. 그녀는 가벼운 발걸음으로 정원 길을 따라 걸어와서 무너져 내린 분수대 옆에서 그와 마주 섰다. 그녀의 얼굴은 놀라움을 담고 있었지만 천진스럽고 친절한 기쁜 표정으로 환하게 피어 있었다.

"꽃에 대해서 잘 아시는 모양이죠."

베아트리체가 미소를 띠면서 말했다. 그가 창문에서 던져 준 그 꽃다발을 두고 하는 이야기였다.

"그러니 제 아버지의 희귀한 꽃들이 당신으로 하여금 더 가까이에서 보고 싶어 하도록 유혹했다 해도 놀랄 일이 아니겠지요. 만일 아버지가 여기 계셨더라면 이 관목들의 성질이나 습관들에 대해서 이상하고 재미있는 사실들을 많이 이야기해 주셨을 거예요. 아버지는 일생을 그런 연구에 바치셨고 이 정원은 그의 우주인 셈이죠."

"소문이 사실이라면 아가씨도 이 화려한 꽃들과 이 강렬한 향기가 나타내는 특질들에 대해서 깊은 지식을 가지고 있을 테죠."

지오바니가 대답했다.

"제 선생이 되어 주실 수 있다면 라파치니 박사님에게서 배울 때보다 더 훌륭한 학생이 되어 보겠습니다."

"그런 근거 없는 소문이 도나요?"

베아트리체는 음악 소리같이 웃으며 물었다.

"제가 아버지의 식물학에 대한 지식을 가지고 있다고 사람들이 말하던가요? 정말 실없는 농담이에요! 그렇지 않아요. 비록 이 꽃들 속에서 자라났지만 그 색깔이나 향기 같은 것 외에는 더 아는 게 없어요. 때로는 그 얼마 안 되는 지식마저도 저에게서 없애 버리고 싶은걸요. 이 정원엔 제 눈과 마주치면 저를 놀라게 하고 기분 상하게 하는, 조금도 아름다워 보이지 않는 꽃들도 많아요. 하지만 제발 제 과학적 지식에 대한 이야기는 믿지 말아 주세요. 댁의 눈으로 직접 보시는 것 외에는 저에 관한 어떤 이야기도 믿지 마세요."

"그러면 제 자신의 눈으로 본 것은 다 믿어야 합니까?"

그는 자신을 움츠리게 했던 지난번의 그 장면들을 떠올리며 뼈 있게 한마디 했다.

"아가씨는 저에게 너무 적게 요구하시는 겁니다. 아가씨의 입에서 나온 말 외에는 아무것도 믿지 말라고 저에게 부탁을 하시지요."

베아트리체는 그의 말이 무슨 뜻인지 알 것 같았다. 그녀의 뺨은 붉게 물들었다. 그러나 그녀는 지오바니의 눈을 똑바로 쳐다보며 불안한 의심이 담긴 그의 눈길에 여왕과 같은 기품으로 응했다.

"그럼 그렇게 부탁을 드리겠어요."

그녀가 대답했다.

"저에 대해서 어떤 공상을 하셨다면 다 잊어 주세요. 외부적인 감각으로는 사실인 것도 그 근본에 있어서는 사실이 아닐 수도 있는 거지요. 하지만 베아트리체 라파치니의 입에서 나온 말은 가슴 깊숙한 곳으로부터 바깥으로 나온 진실이에요. 그 말은 믿으셔도 돼요."

그녀의 온몸에서 열기 같은 것이 피어오르더니 진실 자체의 빛인 것처럼 지오바니의 의식을 비춰 주었다. 그러나 그녀가 이야기하는 동안 그녀 주위로 잠깐 스치듯 풍요롭고 달콤한 향기가 퍼졌으나 지오바니는 뭐라고 설명할 수 없는 거부감을 느끼며 그것을 자신의 폐 속으로 들이마시는 것을 피했다. 그것은 꽃의 향기였을지도 모른다. 아니면 그것은 그녀의 가슴에 담긴 말처럼 야릇한 풍요함으로 향기롭게 물든 그녀의 숨결이었을까? 현기증 같은 것이 그림자처럼 지오바니의 머리를 스치고는 사라졌다. 그는 아름다운 아가씨의 눈을 통해 그녀의 투명한 영혼을 환히 들여다본 듯 더 이상 의심이나 두려움을 느끼지 않았다.

베아트리체의 태도를 물들인 열정의 색깔이 사라지자 그녀는 이제 쾌활해졌다. 마치 외딴섬의 처녀가 문명 세계에서 온 여행객과 이야기를 나누듯이 그녀는 이 젊은이와의 친교에서 진정으로 순수한 기쁨과 즐거움을 느끼는 것 같았다. 그녀의 인생 경험은 그 정원의 언저리에 국한되어 있는 게 분명했다. 그녀는 햇빛이나 여름날의 구름 같은 단순한 것들에 대해서 이야기하기도 했고 도시니, 지오바니의 고향이니, 그의 친구, 어머니, 자매들에 관해 질문을 하기도 했다. 그런 질문들은 그녀가 얼마나 세상 사람들과 격리된 은둔 생활을 하고 있는지 그리고 일상적인 생활 양식이나 관습에 얼마나 익숙하지 않은가를 잘 보여 주었다. 그래서 지오바니는 마치 어린아이를 대하듯 그 질문들에 자상히 대답을 해 주었다. 그녀의 정신은 처음으로 햇빛을 보고 자기 가슴에 비치는 땅과 하늘의 영상에 놀라워하는 신선한 개울물처럼 지오바니 앞으로 콸콸 쏟아져 나왔다. 또한 콸콸 흐르는 물 위로 마치 다이아몬드와 루비가 반짝이며 솟아오르듯이, 깊은 곳에서 보석처럼 빛나는 환상적인 생각들이 솟아 나오기도 했다. 이따금 지오바니는 자신이, 그의 상상력을 그처럼 자극하고, 그 스스로 강한 공포의 색깔로 그려 보고, 그토록 끔찍한 특질을 가졌다고 확인한, 그런 존재와 정말 나란히 걷고 있는지 그리고 자신이 베아트리체와 마치 남매처럼 이야기를 나누고 정말 그녀를 인간처럼, 한 여인으로 생각하고 있는지, 의아한 생각이 들곤 했다. 그러나 그런 생각은 순간적일 따름이었다. 그녀의 성격은 아주 현실적이어서 곧 그녀와 친근감을 느끼게 해 주었기 때문이었다.

이처럼 자유롭게 정원을 함께 거닐며 여러 굽이의 사잇길을 돌다가 그들은 이제 보물처럼 환히 빛나는 꽃들이 매달린, 그 화려한 관목이 자라는 무너져 내린 분수대 앞에 이르렀다. 그 나무에서 퍼져 나오는 향기는 지오바니가 베아트리체의 숨결이라고 생각했던 것과 같은 향기였지만 비교할 수 없을 만큼 훨씬 강했다. 그녀의 눈길이 그 나무에 머물 때, 마치 가슴에 갑작스런 발작이 밀려오기라도 한 듯 그녀가 손으로 가슴을 누르는 모습을 지오바니는 지켜보았다.

"내 생애에 처음으로 너를 잊고 있었구나."

그녀는 그 나무를 향해 중얼거렸다.

"아가씨, 지난번에 제가 용감하게도 던진 꽃다발에 대한 답례로 이 보석 같은 꽃을 주겠다고 약속하신 게 생각나는군요. 오늘 이 만남을 기념하며 저 꽃을 꺾도록 허락해 주시죠."

지오바니는 그렇게 말하면서 그 나무를 향해 발걸음을 옮기며 손을 내뻗었다. 그러자 베아트리체가 갑자기 앞으로 튀어나오면서 마치 단검으로 그의 가슴을 찌르듯 날카로운 비명을 질렀다. 그녀는 그의 손을 붙잡더니 가녀린 몸으로 있는 힘을 다해 잡아끌었다. 지오바니는 그녀의 감촉이 온몸의 조직을 타고 찌르르 떨려 오는 것을 느꼈다.

"손대지 마세요!"

그녀가 고통스러운 목소리로 외쳤다.

"위험해요! 치명적이에요!"

그러더니 그녀는 얼굴을 감싸고 달아나 조각으로 장식된 현관 입구 아래로 사라졌다. 지오바니는 눈으로 그녀의 뒷모습을 쫓다가 라파치니 박사의 쇠약한 모습, 창백하고 지적인 표정과 마주쳤다. 얼마 전부터인지 몰라도 그는 정원 입구의 그늘 속에서 그 장면을 지켜보고 있었던 것이다.

지오바니는 방으로 돌아와 혼자 있게 되었다. 열기에 들뜬 그의 머릿속에 곧 베아트리체의 모습이 되살아났다. 그가 그녀를 처음 본 이후 그녀 주변에서 일어난 모든 마력적인 사건들이 떠오르기도 하고, 그녀의 소녀답고 여성적인 부드러움과 따뜻함이 되살아나기도 했다. 그녀는 분명 인간적이었다. 그녀의 본성은 모든 부드럽고 여성적인 특질을 다 지니고 있었고, 흠모의 대상이 될 만한 모든 미덕을 갖추고 있었으며, 우아하고 고결한 사랑을 할 수 있는 능력도 분명히 가지고 있었다. 지금까지 그녀의 육체적, 도덕적 체계에 있어서 무시무시한 괴기스러움의 증거라고 그가 생각해 왔던 여러 징표들이 이제는 잊혀 버렸다. 심지어 열정이 늘어놓는 미묘한 궤변에 의해서 두려움은 매혹의 화려한 왕관으로 바뀌었고 오히려 베아트리체의 독특함을 더해 주며 그녀를 더욱더 경탄의 대상으로 만들었다. 전에는 추악해 보였던 모든 것들이 이젠 다 아름다워 보였다. 설령 그런 변화가 불가능하더라도 그 추악한 것들은, 우리의 의식이 완전히 깨어 있는 대낮을 넘어선 으스름한 저녁의 영역으로 몰려드는, 형체가 분명하지 않은 생각들 속으로 슬그머니 자취를 감추어 버린 것이었다. 그렇게 그는 그날 밤을 지새웠다. 새벽이 라파치니 박사의 정원에 잠들어 있는 꽃들을 깨우기 시작한 후에야 그는 어렴풋이 잠이 들었다. 지오바니의 꿈은 틀림없이 그를 그 정원으로 인도했을 터다. 아침 해가 떠오르며 젊은이의 눈꺼풀에 햇빛을 던지자 그는 고통스럽게 눈을 떴다. 잠에서 완전히 깨어났을 때 그는 오른손에서 화끈거리고 욱신거리는 통증을 느꼈다. 그가 보석 같은 그 꽃을 막 꺾으려던 순간에 베아트리체가 그녀의 손으로 꼭 쥐었던 바로 그 손이었다. 손등엔 네 개의 조그만 보랏빛 손가락 자국이 남아 있었고 팔목에도 조그만 엄지손가락 모양의 흔적이 배어 있었다.

아, 사랑이란 — 상상 속에서만 타오르고 가슴속 깊은 곳에는 뿌리내리지 못한 사랑이라도 — 믿음이 운명적으로 희미한 안개 속으로 사라지는 그 순간이 올 때까지 얼마나 집요하게 그 믿음을 붙들고 거기에 매달리는가! 지오바니는 손수건으로 손 주위를 싸매며 무슨 못된 벌레가 그의 손을 쏘았나 의아해했다. 그러고는 베아트리체에 대한 공상 속에서 통증을 곧 잊어버렸다.

첫 만남 후 두 번째 만남은 이른바 불가피한 운명이었다. 세 번째 만남, 네 번째 만남이 계속되었고 이제 정원에서의 베아트리체와의 만남은 더 이상 지오바니의 일상적인 삶의 한 사건이 아니라 그의 삶을 이루는 모든 것이었다. 왜냐하면 베아트리체와 함께한 그 황홀한 시간에 대한 기대와 기억은 그녀와의 만남 이외의 모든 시간을 차지해 버렸기 때문이었다. 라파치니의 딸도 마찬가지였다. 그녀는 젊은이가 나타나기를 기다리고 있다가, 마치 어린 시절부터 소꿉친구였고 지금도 여전히 그런 사이인 것처럼 조금도 거리낌 없는 믿음의 표정으로 그에게 뛰어갔다. 어쩌다가 무슨 일로 그가 정해진 시간에 오지 못할 경우 그녀는 창문 아래에 서서 달콤하고 풍요로운 목소리로 그를 불렀고, 그 소리는 방 안으로 들어와 지오바니의 주위를 감싸고 흐르면서 그의 온 가슴으로 메아리쳐 퍼졌다. "지오바니! 지오바니! 왜 꾸물대요? 빨리 내려와요!" 그러면 지오바니는 독꽃들이 가득한 라파치니의 정원으로 서둘러 내려가곤 했다.

그러나 이런 친밀함에도 불구하고 베아트리체의 태도에는 여전히 뭔가를 숨기는 듯한 낌새가 있었다. 그런 태도는 한결같고 또 아주 확고해서 지오바니에게는 그것을 침해해야 하겠다는 생각이 좀처럼 떠오르지 않았다. 모든 징후로 판단하건대 그들은 사랑하는 게 분명했다. 그들은 하나의 깊은 영혼으로부터 또 다른 하나의 깊은 영혼으로 성스러운 비밀을 전하는 듯한 눈동자로 사랑을 보았다. 사랑이란 말로 속삭이기에는 너무 성스러운 것처럼 그들은 사랑을 언어가 아닌, 그들의 정신이 오랫동안 감추어 온 불꽃의 혓바닥이 분명한 숨결을 쏟아 내듯이 열정의 분출로써 나타냈다. 그러나 그들 사이에는 손을 꼭 쥔다거나 입을 맞춘다거나 사랑이 요구하고 신성시하는 애무 행위 같은 것은 전혀 없었다. 그는 그녀의 빛나는 곱슬머리 한 가닥조차 만져 보지 않았다. 이렇듯 그들 사이의 육체적 장벽은 하도 분명해서 그녀의 옷자락이 미풍에 나부껴 그의 몸을 스치는 일마저 없었다. 지오바니는 한두 번 그 경계선을 넘고 싶은 유혹을 느꼈으나 그럴 때마다 베아트리체는 슬프고 굳어진 모습으로 스스로에게 몸서리치는 황량한 거부의 표정을 얼굴에 드러냈다. 따라서 그를 거절할 때 한마디 말도 할 필요가 없을 정도였다. 그럴 때면 지오바니는 그의 가슴속 깊은 곳에서 괴물처럼 기어나와 그를 빤히 쳐다보는 끔찍한 의심들에 깜짝 놀라곤 했다. 그리고 그 순간 그의 사랑은 아침 안개처럼 여리고 희미해지며 의심들만이 실체처럼 느껴졌다. 그러나 베아트리체의 얼굴이 잠시 동안의 어둠에서 벗어나 다시 환히 밝아질 때면 그녀는 그가 방금 전까지 두려움과 공포의 눈길로 지켜보던 미지의 의문스러운 존재로부터, 다시 그의 정신이 모든 지식을 초월하여 확신할 수밖에 없는, 그런 아름답고 순진무구한 소녀가 되는 것이었다.

지오바니가 발리오니 교수와 마지막으로 만난 후 상당한 시간이 지난 어느 날 아침, 발리오니 교수가 갑자기 그를 방문했을 때 그는 놀라움과 불쾌감을 동시에 느꼈다. 그는 그동안 발리오니 교수에 대해서 거의 생각해 본 적이 없었고 더 오래도록 기꺼이 그를 잊고 있었을 터였다. 그는 오랫동안 격정의 상태에 깊이 빠져 있었기 때문에 지금 자신의 기분 상태에 완전히 공감할 수 있는 사람이 아니라면 누구와도 친교를 맺을 수 없을 것만 같았다. 물론 발리오니 교수로부터는 완전한 공감을 기대할 수 없었다.

방문객은 잠시 동안 파도바 시와 파도바 대학에 관한 이런저런 이야기들을 잡담처럼 늘어놓더니 다른 쪽으로 말머리를 돌렸다.

　"요즘 옛날 고전 작품을 읽다가 묘하게 내 관심을 끄는 한 이야기와 마주치게 되었지. 자네도 어쩌면 기억할지 모르겠군. 한 아름다운 여인을 알렉산더 대왕에게 선물로 보낸 인도의 왕자에 관한 이야기인데 말이야. 그 여자는 새벽처럼 사랑스럽고 황혼처럼 화려했다네. 하지만 그녀의 독특한 특징은 페르시아 장미의 정원보다 더 진한, 그녀의 숨결에 담긴 풍요로운 향기였다는 거야. 알렉산더 대왕은 젊은 정복자답게 첫눈에 이 화려한 여인과 사랑에 빠져들었지. 그런데 한 현명한 의사가 우연히 그 자리에 있다가 그 여인이 지닌 끔찍한 비밀을 발견한 거야."

　"그게 뭐였는데요?"

　지오바니는 발리오니 교수와 눈이 마주치는 것을 피하려고 시선을 아래로 향한 채 물었다.

　"그건 이 아름다운 여자가 말일세."

　발리오니는 또박또박 강조하며 말을 이었다.

　"태어날 때부터 독을 자양분으로 죽 자라 와서 결국 독이 되어 버린 거야. 독이 그녀 삶의 요소가 된 거지. 그녀는 자기 숨결의 풍요로운 향기로 공기 자체를 시들게 한 거야. 그러니까 그녀의 사랑은 바로 독이고 그녀의 포옹은 죽음이라는 말이지. 어때, 믿을 수 없는 기이한 이야기가 아닌가?"

　"유치한 이야기로군요."

　지오바니는 안정을 잃은 모습으로 의자에서 벌떡 일어서며 대답했다.

"중요한 연구로 바쁘실 텐데 어떻게 그런 말도 안 되는, 허튼소리 같은 이야기를 읽을 시간이 있으신지 놀랍군요."

"그런데 자네 방에서 나는 이상한 향기는 뭐지?"

발리오니 교수는 불안한 표정으로 주위를 둘러보며 물었다.

"자네 장갑에서 나는 향기인가? 약하긴 하지만 달콤하군. 하지만 결코 좋은 냄새라고는 할 수 없군그래. 이 향기를 오래 맡으면 몸에 안 좋을 것 같아. 꽃향기 같은데, 방 안에 꽃은 안 보이는군."

"제 방에 꽃은 없습니다."

지오바니가 대답했다. 사실 발리오니 교수가 이야기할 때 그는 얼굴이 창백해졌던 것이다.

"제 생각엔 교수님께서 무슨 향기가 난다고 상상하고 계신 것 같습니다. 말하자면 냄새란 감각적인 것과 정신적인 것의 혼합으로 이루어지기 때문에, 이런 식으로 착각을 일으키기가 쉽죠. 어떤 향기에 대한 회상이라든가 그 향기에 대한 생각만으로도 실제로 향기가 난다고 잘못 생각할 수 있죠."

"아니야, 내 멀쩡한 상상력이 그런 장난질을 친 적은 거의 없어."

발리오니 교수가 대답했다.

"그리고 만일 내가 무슨 냄새가 난다고 상상을 한다면 그건 아마도 내 손가락에 스며들었을 어떤 고약한 약의 냄새일 걸세. 내가 들은 바로는 우리의 존경하는 친구 라파치니 박사는 자신의 약들에 아라비아의 향기보다 더 강한 향기를 주입시킨다니까. 마찬가지로 아름답고 과학적인 지식이 풍부한 베아트리체 양도 틀림없이 자기 환자들에게 처녀의 숨결처럼 달콤한 약을 처방하겠지. 하지만 그 약을 마시는 사람은 재앙을 면할 수 없을 걸세!"

지오바니의 얼굴에는 여러 가지 감정이 착잡하게 엉켜들었다. 발리오니 교수가 순결하고 사랑스러운 라파치니의 딸을 빗대어 말할 때 보인 야릇한 어조는 그의 영혼을 몹시 고통스럽게 했다. 베아트리체에 대한 자신의 생각과 정반대되는 발리오니 교수의 암시는 여러 가지 희미한 의심들을 갑자기 선명하게 부각시켰고 그것들은 마치 악마처럼 그를 보고 히죽거리는 것 같았다. 그러나 그는 그런 의심들을 애써 누르며 진정한 연인으로서 절대적인 믿음을 가지고 발리오니에게 응수하려고 노력했다.

"교수님, 교수님은 제 아버지의 친구이십니다."

그가 말했다.

"그래서 아마도 친구의 아들에게 친절을 베푸시려는 것이겠지요. 저도 교수님에 대해서 존경과 경의 외에 다른 감정은 전혀 없습니다. 하지만 교수님, 교수님과 제가 이야기하지 말아야 할 한 가지 문제가 있다는 걸 제발 이해해 주시기 바랍니다. 교수님은 베아트리체를 잘 모르십니다. 그래서 가볍게 해로운 말을 한마디 함으로써 그녀에게 얼마나 부당한 상처를 주는지를 ─ 저는 그걸 그녀에 대한 모독이라고까지 생각합니다만 ─ 잘 깨닫지 못하고 계시는 겁니다."

"지오바니! 불쌍한 지오바니!"

발리오니 교수는 차분한 연민의 표정으로 말했다.

"난 이 비참한 아가씨를 자네보다 훨씬 더 잘 알고 있어. 자넨 독술가인 라파치니와 그의 독에 물든 딸에 대한 진실을 들어야 해. 그녀의 아름다움이 강한 것만큼 독성도 강하지. 내

말을 듣게. 자네가 이 늙은이에게 폭행을 가하더라도 말을 마저 해야겠네. 인도 여인에 관한 옛날 우화가 라파치니의 깊고 치명적인 과학적 지식에 의해 사랑스러운 베아트리체의 몸 안에서 현실로 나타난 것일세."

지오바니는 신음을 하며 자신의 얼굴을 감쌌다.

발리오니는 계속 말했다.

"그녀의 아버지는 부모로서 가져야 할 본능적인 애정조차 저버리고 이처럼 끔찍한 방법으로 자신의 아이를 과학에 대한 광적인 열정의 희생물로 바친 걸세. 그를 정당하게 평가하자면, 그는 자기 가슴을 증류기에 넣고 증류할 만큼 진짜 과학자라고 말할 수 있겠지. 하지만 자네의 운명은 어찌되는 건가? 의심할 여지없이 자네는 그의 어떤 새로운 실험의 재료로 선택된 거야. 어쩌면 그 결과는 죽음일지도 몰라. 어쩌면 더 끔찍한 운명일지도 모르지. 라파치니는 눈앞에 과학적 관심의 대상이 보이면 절대 주저하지 않는 사람이야."

"이건 꿈이겠지요."

지오바니는 혼자서 중얼거렸다.

"이건 분명 꿈이겠지요."

"하지만 기운을 내게, 지오바니."

발리오니 교수가 다시 말했다.

"아직도 늦지는 않았어. 어쩌면 그 불쌍한 아이를 아버지의 광기 탓에 멀어져 버린, 그 일상적인 본성의 한계 안으로 되돌아오게 할 수 있을 걸세. 이 조그만 은병을 보게! 이건 그 유명한 벤베누토 첼리니의 손으로 만든 것인데 이탈리아에서 가장 아름다운 아가씨한테 사랑의 선물로 줄 만한 가치가 충분해. 하지만 그 안에 든 내용물이야말로 값을 헤아릴 수 없을 만큼 정말 귀한 거라네. 이 해독제는 조금만 마셔도 악명 높은 보르자 가문의 가장 강한 독조차 무해하게 만들 수 있다네. 이 약이 라파치니의 약 못지않게 그 독을 물리칠 만큼 강한 효능을 가지고 있다는 걸 믿게. 이 병을, 그 안에 든 귀한 용액을 자네의 베아트리체에게 주게. 그리고 희망을 가지고 결과를 지켜보도록 하게."

발리오니는 아주 정교하게 만든 조그만 약병을 식탁 위에 내려놓고 자신의 말이 젊은이의 마음을 움직이게 하도록 내버려 둔 채 자리를 떴다.

베아트리체와 사귀는 동안, 우리가 이미 이야기한 대로 지오바니는 때때로 그녀의 본성에 대한 음울한 추측에 시달리곤 했다. 그러나 이제 베아트리체와 사귀면서 그녀가 단순하고 자연스럽고 아주 정답고 꾸밈없는 존재라는 사실을 확신하게 됐다. 따라서 발리오니 교수가 보여 준 그녀의 이미지는 마치 자기가 본래 생각했던 바와 일치하지 않기라도 한 것처럼 아주 이상하고 믿을 수 없게 느껴졌다. 물론 이 아름다운 아가씨를 처음 보았을 때 목격한 불쾌한 기억들이 완전히 사라진 것은 아니었다. 그는 베아트리체의 손안에서 시들던 꽃다발이며 그녀의 입김 말고는 달리 이유를 찾을 수 없는 맑은 공기에서 갑자기 죽어 가던 곤충을 완전히 잊을 수는 없었다. 그러나 이 사건들은 그녀 본성의 순수한 빛에 다 녹아들어 더 이상 구체적인 사실로 느껴지지 않았고 어떤 감각적 증거로도 사실처럼 증명되곤 하는 잘못된 환상으로 생각되었다. 우리가 직접 눈으로 보고 손가락으로 만질 수 있는 것보다 더 사실적이고 진실에 가까운 것들이 있지 않은가. 베아트리체에 대한 그의 믿음은 바로 그러한, 훨씬 견고한 증거에 기초한 것이었다. 그 자신의 깊고 관대한 믿음이라기보다는 그녀의 고 아한 성품이 지닌 필연적인 힘에 의해서이긴 했지만 말이다. 그러나 이제 그의 정신은 한때 뜨거운 열정이 올려놓은 그 높은 자리에 계속 머물러 있을 수가 없었다. 그는 그 높은 곳에서 떨어져 세속적인 의심들 사이를 기어다니며, 베아트리체의 순결하고 티 없는 이미지를 더럽히고 있었다. 그는 베아트리체를 포기한 것이 아니라 단지 믿음을 잃은 것이었다. 그는 베아트리체의 육체적 본성에 상응하는 영혼의 기괴함이 없다면 존재할 수 없으리라 여겨지는, 그런 끔찍한 기이함이 있는지 없는지를 확인시켜 줄 결정적인 시험을 해 보기로 결심했다. 멀리서 내려다보았으니, 그 도마뱀과 곤충과 꽃들에 대해서 그의 눈이 착각을 일으켰을 수도 있었다. 그러나 싱싱하고 건강한 꽃이 베아트리체의 손안에서 갑자기 시드는 것을 아주 가까운 거리에서 목격할 수 있다면 더 이상 의문의 여지가 없을 터였다. 그는 이런 생각을 하면서 얼른 꽃가게로 가서 아침 이슬방울이 여전히 보석처럼 맺힌 싱싱한 꽃다발을 샀다.

이제 베아트리체와 매일 만나 오던 시간이었다. 정원으로 내려가기 전에 지오바니는 거울을 보는 일을 잊지 않았다. 그것은 잘생긴 젊은이에게 있을 수 있는 자연스러운 허영 같은 것이었지만, 그처럼 불안하고 격정적인 순간에 나타난 그런 태도는 그의 천박한 감정이나 불성실한 성격을 드러내는 것처럼 보였다. 그러나 그는 거울에 비친 자신의 모습을 자세히 보며, 그의 얼굴이 어느 때보다 더 건강한 우아함을 띠고, 눈에도 생기가 넘치고, 뺨도 건강으로 넘치는 훈훈한 색깔을 띠고 있다고 생각했다.

'최소한 그녀의 독이 아직 내 몸의 조직 안으로 스며들지

는 않았군. 난 그녀의 손안에서 시들 꽃은 아니지.'

그는 속으로 이렇게 혼잣말을 했다.

그러면서 그는 손에 줄곧 들고 있던 꽃다발로 시선을 돌렸다. 그 순간 이슬을 머금은 꽃들이 벌써 축 처지기 시작하는 모습을 보면서 그는 자신의 몸을 타고 뭐라고 표현할 수 없는 공포의 전율 같은 것이 스치고 지나가는 것을 느꼈다. 그 꽃들은 전날에는 싱싱하고 아름다웠을 모습을 하고 있었다. 지오바니의 얼굴은 대리석처럼 창백해졌다. 그는 거울 앞에 꼼짝 않고 서서 무슨 끔찍한 물건을 보듯 자신의 모습을 응시했다. 그는 방 안에 무슨 향기가 퍼져 있는 것 같다던 발리오니 교수의 말을 떠올렸다. 그렇다면 그건 그의 숨결에 담긴 독인 게 틀림없었다! 그는 몸서리를, 자기 자신에 대해서 몸서리를 쳤다. 그는 멍한 상태에서 다시 깨어나 방 천장에 매달려 거미줄을 늘어뜨리고 부지런히 움직이는 거미 한 마리를 호기심 어린 눈으로 관찰하기 시작했다. 거미는 천장에 매달려 있으면서도 열심히 활기차게, 정교하게 엮은 거미줄을 왔다갔다하고 있었다.

지오바니는 거미를 향해 몸을 구부리며 숨을 깊고 길게 내뱉었다. 거미는 갑자기 동작을 멈추었다. 이 조그만 직공의 몸에서 일어난 진동이 거미줄 전체를 떨리게 했다.

지오바니는 다시 그의 가슴으로부터 더 깊고 더 긴, 독이 밴 듯싶은 숨을 내뿜었다. 그는 자신이 사악한 것인지 그저 절망 상태에 빠진 것인지 알 수가 없었다. 거미는 발작적으로 다리를 움켜쥐더니 창문께로 축 늘어지며 죽었다.

"아, 저주를 받았구나! 저주를 받았어!"

지오바니는 스스로에게 중얼거렸다.

"그처럼 독성이 강해져서, 내 숨결에 이 거미가 죽었다는 말이냐?"

그 순간 정원으로부터 달콤하고 풍요로운 목소리가 울려 퍼졌다.

"지오바니! 지오바니! 시간이 지났어요! 왜 꾸물대는 거예요? 빨리 내려오세요!"

"그래, 그녀만이 나의 숨결로 죽지 않을 유일한 존재로구나! 아, 내 숨결이 차라리 그녀를 죽였으면!"

지오바니는 다시 혼자 중얼거렸다.

그는 정원으로 뛰어 내려가서 곧 베아트리체의 밝고 사랑스러운 눈앞에 마주 섰다. 조금 전만 해도 분노와 절망감이 하도 격렬한 나머지 그는 그녀에게 오직 저주의 눈길만을 퍼붓고 싶었다. 그러나 막상 그녀와 이렇게 마주하고 보니 그는 쉬이 떨쳐 버리기에는 너무 생생한 영향력을 감당할 수가 없었다. 그를 때로 종교적인 차분함으로 감싸 주던 그녀의 여성적이며 섬세하고 온화한 힘에 대한 기억들, 순수한 샘물이 깊은 곳으로부터 솟아올라 그의 정신적 눈에 투명하게 비치며 그녀의 가슴으로부터 분출하던 순간의 성스러운 열정에 대한 기억들, 지오바니가 소중함을 알았더라면 이 모든 추악한 신비가 세속적인 환영에 지나지 않다고, 어떤 악의 안개가 그녀 주위를 감싸더라도 베아트리체의 참모습은 천국의 천사라고, 그를 확신하게 해 주었을 여러 기억들이 떠오르는 것이었다. 이제 지오바니에게 그런 높고 강한 믿음은 불가능했지만, 이렇게 베아트리체와 함께 있음으로 그 마력은 여전히 감돌고 있었다. 지오바니의 분노는 우울한 무감각 상태로 가라앉았다. 베아트리체는 빠른 영감으로, 그들 사이에 이미 넘어설 수 없는 검은 심연이 깊이 파여 있음을 직감했다. 그들은 말없이 슬픔에 잠겨 함께 걸었다. 그러다가 그들은 보석 같은 꽃들이 핀 관목이 한복판에서 자라고 있는 대리석 분수대와 물웅덩이에 이르렀다. 지오바니는 자신이 그 꽃들의 향기를 열심히 즐기며 ─ 마치 왕성한 식욕을 느끼듯 ─ 들이마셨다는 사실을 깨닫고 두려움에 떨었다.

"베아트리체, 이 나무를 어디서 가져온 거죠?"

그가 갑자기 물었다.

"제 아버지가 만들어 내신 거예요."

그녀는 아무렇지 않게 대답했다.

"만들었다고요! 만들어 냈다고요!"

지오바니는 같은 말을 반복했다.

"아니 그게 무슨 뜻이오, 베아트리체?"

"아버지는 자연의 비밀들을 무서울 만큼 잘 알고 계시는 분이에요."

베아트리체가 대답했다.

"그래서 내가 첫 숨을 내쉬었을 때 이 나무가 땅에서 솟아난 거예요. 내가 자연에서 태어난 아버지의 자식이라면 이 나무는 아버지의 과학이, 아버지의 지력이 낳은 자식인 셈이죠. 너무 가까이 가지 말아요!"

지오바니가 그 나무 가까이에 접근하는 것을 공포에 질린 눈으로 보며 그녀는 말을 계속했다.

"그 나무는 지오바니가 아마 상상도 못 할 특질들을 가지고 있어요. 하지만 지오바니, 난, 나는 그 나무와 함께 자랐고 꽃피웠을 뿐 아니라 그 숨결을 자양분으로 성장한 거예요. 그래서 그 나무는 내 동생이고 난 그것을 인간을 대하는 애정으로 사랑하고 있어요. 왜냐하면, 아! — 그런 의심이 들지 않던 가요? — 그건 끔찍한 숙명이기 때문이에요."

베아트리체의 말을 듣던 지오바니의 찡그린 얼굴이 하도 음울해서 그녀는 말을 멈추고 몸을 떨었다. 그러나 그의 상냥한 마음에 대한 믿음이 되살아나자, 그녀는 순간적으로라도 그를 의심했다는 자책감 때문에 얼굴이 붉어졌다.

"끔찍한 숙명이죠."

그녀는 계속했다.

"저를 세상으로부터 격리한, 아버지의 과학에 대한 치명적인 사랑의 결과지요. 사랑하는 지오바니, 하늘이 지오바니를 보내 줄 때까지 이 가련한 베아트리체가 얼마나 외로웠는지 아세요!"

"그게 가혹한 숙명인가요?"

지오바니는 그녀를 빤히 바라보며 물었다.

"최근에 이르러서야 그것이 얼마나 가혹한 숙명인지 알았어요."

그녀는 부드럽게 대답했다.

"그래요. 하지만 제 가슴은 덤덤해졌고 그래서 차분해요."

그 순간 지오바니의 분노가 마치 어두운 구름이 토해 내는 번갯불처럼 음울한 불쾌감으로부터 갑자기 터져 나왔다.

"당신은 저주받은 인간이오!"

그는 악의에 찬 경멸과 분노의 표정으로 소리쳤다.

"당신은 고독이 지겨워서 나를 당신과 마찬가지로 모든 따뜻한 삶으로부터 격리시키려고 이 끔찍한 공포의 세계로 유혹한 거지!"

"지오바니!"

베아트리체는 자신의 밝고 큰 눈을 그의 얼굴로 향하며 외쳤다. 지오바니가 내뱉은 말이 아직 그녀의 마음속까지 이르지 않았기에 그녀는 날벼락을 맞은 것처럼 그저 멍하니 서 있었다.

"그래, 당신은 독녀(毒女)요!"

지오바니는 격정을 이기지 못하고 미친 듯이 소리쳤다.

"당신이 그렇게 한 거야! 당신이 나를 망친 거라고! 당신이 내 혈관을 독으로 채운 거지! 당신이 나를 자신처럼 추하고, 역겹고, 가증스럽고, 치명적인 존재로, 모든 사람들이 놀랄 만큼 끔찍한 괴물로 만든 거라고! 자, 이제 우리의 입김이, 만약에 다행스럽게도 다른 사람들에게 그러하듯 우리 자신에게도 치명적이라면, 감히 말로 표현할 수 없는 증오의 키스로 우리 함께 죽어 버립시다!"

"아, 이게 어찌된 운명인가?"

베아트리체는 가슴속에서 우러나오는 낮은 신음 소리를 내며 중얼거렸다.

"오, 성모 마리아여, 이 가슴 찢긴 가련한 아이를 불쌍히 여기소서!"

"당신, 당신 지금 기도했소?"

지오바니는 여전히 잔혹한 경멸의 표정을 띤 채 소리쳤다.

"당신의 그 기도가 바로 당신의 입술에서 나오는 순간, 공기를 죽음으로 오염시키고 만 것이오. 그래, 좋소. 우리 기도하지! 우리 교회로 가서 입구에 있는 성수(聖水)에 우리의 손가락을 담급시다! 우리 뒤에 오는 사람들, 아마 역병에 걸린 것처럼 죽겠지! 우리 공중에 성호를 그읍시다! 그러면 성스러운 상징처럼 저주를 내뿜으며 퍼져 나가겠지!"

"지오바니."

베아트리체가 침착하게 말했다. 그녀의 슬픔은 격정의 한계를 넘어섰던 것이다.

"왜 그 끔찍한 말들 속에 지오바니 자신을 나와 함께 묶어 넣는 거예요? 지오바니가 이야기한 대로 난 끔찍한 존재인 게 틀림없어요. 하지만 지오바니는, 나의 끔찍하고 비참한 모습에 한번 몸서리치고 정원 밖으로 나가서 다른 사람들과 어울리면 돼요. 그리고 이 땅에 불쌍한 베아트리체 같은 괴물이 기어 다녔다는 사실을 곧 잊어버리기만 하면 되는걸요! 그런데 왜 그러세요?"

"아니, 당신 지금 모른 척하는 거요?"

지오바니는 그녀를 노려보며 물었다.

"보시오! 라파치니의 순결한 딸로부터 내가 얻은 이 힘을 말이오."

그때 마침, 정원의 꽃향기가 약속하는 식량을 찾아온 한 무리의 여름벌레들이 공중을 날아다니고 있었다. 벌레들은 지오바니의 머리 주위를 빙빙 돌았다. 잠시 몇몇 나무들에 이끌렸듯이 그에게도 똑같이 이끌린 게 분명해 보였다. 그는 벌레들을 향해 숨을 내뿜었다. 그러고는 적어도 이십여 마리의 벌레들이 땅에 떨어져 죽는 것을 보며 베아트리체에게 씁쓸한 미소를 보냈다.

"아! 아!"

베아트리체가 비명을 질렀다.

"제 아버지의 치명적인 과학의 힘이에요! 지오바니! 내가 아니에요! 아니에요! 절대 아니에요! 나는 다만 지오바니를 사랑하고 잠시 함께 있기를 꿈꾸었을 뿐이에요. 그리고는 지오바니를 떠나보내고, 내 가슴속에 당신의 모습을 영원히 간직하고 싶었던 것뿐이에요. 날 믿어 줘요. 지오바니. 내 몸은 비록 독으로 자라났지만 내 정신은 신의 창조물이에요. 그래서 그것으로 사랑을 갈구한 거예요. 하지만 제 아버지는 — 우리를 이 끔찍한 인연으로 결합한 거지요. 그래요, 날 걷어차고, 날 짓밟고, 날 죽여 줘요! 아, 지오바니에게 그런 말을 들었는데, 죽음이 무슨 문젠가요? 하지만 지오바니를 이렇게 만든 건 내가 아니에요. 맹세코 그럴 수가 없어요."

지오바니의 열정은 그의 입으로부터 마구 쏟아져 나왔고 이내 고갈된 듯싶었다. 이제 그에게는 베아트리체와 자신 사이의 애처로우면서도 부드러움이 가시지 않은 야릇한 밀착 관계에 대한 생각이 다시 엄습해 왔다. 그들은 말하자면 절대 고독 속에, 넘치는 군중의 삶에 의해서 조금도 덜어지지 않는 짙은 고독 속에 서 있는 것이었다. 그렇다면 그들을 에워싼 인간성이 제거된 황량한 사막은, 고립무원한 이 한 쌍의 존재를 더욱 가깝게 밀착시켜야 하지 않겠는가? 그들이 서로 잔인하게 대한다면 누가 과연 그들에게 친절을 베풀 것인가? 게다가 — 지오바니는 생각했다. — 그에게는 일상적 세계의 경계 안으로 돌아갈, 그리고 베아트리체의, 구원받은 베아트리체의 손을 붙들고 마땅히 있어야 할 자리로 돌아갈 희망이 아직도 남아 있지 않은가? 베아트리체의 사랑처럼 깊은 사랑을 혹독한 말로 무참히 짓밟아 버리고 나서, 다시 세속적인 결합과 세속적인 행복이 가능하리라고 꿈꾸다니, 아, 얼마나 박약하고 이기적이고 비열한 정신인가! 결코, 결코, 그 희망은 이루어질 수 없으리라. 그녀는 상처받은 가슴을 안고 무거운 발걸음으로 시간의 경계선을 넘어, 어느 낙원의 샘물에 자신의 상처를 씻고, 불멸의 빛 속에서 자기의 슬픔을 잊고, 거기서 영원히 평화롭게 살리라.

그러나 지오바니는 그것을 알지 못했다.

"베아트리체."

그는 베아트리체에게 다가가며 말했다. 지오바니가 가까이 다가올 때면 항상 그랬듯이 그녀는 몸을 약간 움츠렸지만 지금은 전과 달리 충격 탓에 그러한 것이었다.

"사랑하는 베아트리체, 아직 우리 운명이 그렇게 절망적인 것만은 아니오. 이걸 봐요! 어느 현명한 의사가 나에게 보장해 주었소. 효능이 아주 강하고 탁월한 약이라오. 이 약은 당신 아버지가 그대와 나에게 재앙을 가져온 독 성분과는 정반대되는 것으로 조제한 것이오. 아주 귀한 약초의 정수를 뽑아 증류한 것이지. 우리 이 약을 함께 마시고 독을 정화하도록 합시다."

"그 약을 이리 주세요!"

베아트리체는 지오바니가 품에서 꺼낸 조그만 은병을 받으려고 손을 내뻗으며 말했다. 그리고 특별히 강조하며 한마디를 덧붙였다.

"제가 먼저 마실게요. 지오바니는 결과를 지켜보도록 하세요."

그녀는 발리오니의 해독제를 입술로 가져갔다. 바로 그 순간 라파치니의 모습이 현관 입구로부터 나타났고 그는 대리석 분수대 쪽으로 천천히 다가왔다. 창백한 얼굴의 과학자는 점점 가까이 다가서며 아름다운 두 남녀의 모습을 승리감에 젖은 표정으로 바라보는 듯했다. 그 얼굴은 마치 일생에 걸쳐 한 폭의 그림이나 하나의 조각품을 완성해 낸 예술가가 마침내 성취한 자신의 위업에 만족해하는 그런 표정이었다. 그는 발걸음을 멈추고 굽은 몸을 일부러 힘들여 곧추세웠다. 라파치니 박사는 자식들에게 축복을 간구하는 아버지의 태도로 그들 위로 두 손을 내뻗었다. 그러나 그 손은 그들의 인생에 독을 뿌린 바로 그 손이었다. 지오바니는 몸을 떨었다. 베아트리체는 경련을 일으키듯 몸서리치며 손으로 가슴을 눌렀다.

"내 딸아."

라파치니가 말했다.

"넌 이 세상에서 더 이상 외롭지 않아. 네 동생 나무에서 보석 같은 귀한 꽃을 꺾어서 그것을 네 신랑더러 가슴에 달게 하렴. 이제 그에게 해롭지 않을 게다. 나의 과학과 너희 둘 사이의 공감이 그의 체내에 작용해서, 그는 이제 보통 남자들과 다른 종류의 남자가 된 거야. 내 기쁨과 자랑인 딸아, 네가 보통 여자들과는 다른 종류의 여자듯이. 자, 이제 서로에게 가장 소중한 사랑의 대상으로, 다른 사람들에게는 두려움의 대상으로, 이 세상을 살아가거라!"

"아버지."

베아트리체가 아직도 손을 가슴에 댄 채 희미한 목소리로 말했다.

"아버지는 무엇 때문에 자기 자식에게 이런 비참한 운명을 안겨 주신 건가요?"

"비참하다니!"

라파치니가 외쳤다.

"어리석게 그게 무슨 말이냐? 어떤 힘도 대적할 수 없는, 그런 놀랄 만한 능력을 부여받았는데도 그게 비참하단 말이냐? 아무리 힘센 자라도 숨결 하나로 제압할 수 있고, 그처럼 아름다우면서도 그토록 무서울 수도 있는 게 비참한 것이라는 말이냐? 그렇다면 넌 모든 해악을 당하기만 하고 그걸 행할 수는 없는 약한 여자가 되길 바랐단 말이냐?"

"전 두려움의 대상이 아니라 사랑의 대상이 되고 싶었어요."

베아트리체는 땅 위로 주저앉으며 중얼거렸다.

"하지만 이젠 상관없어요. 아버지, 전 아버지가 저의 존재와 섞으려고 그렇게 애쓰신 그 악이 꿈처럼 사라져 갈 곳으로 가고 있어요. ― 에덴동산의 꽃들 속에서는 더 이상 나의 숨결을 오염시키지 않을 이 독에 젖은 꽃들의 향기처럼 말이에요. 지오바니, 잘 있어요! 당신이 한 증오의 말들은 내 가슴속에 납처럼 무겁게 남아 있어요. 하지만 그 말들도 내가 천국으로 오를 때 다 사라져 갈 거예요. 아, 처음부터 나의 본성보다는 당신의 본성에 더 많은 독이 담겨 있었던 게 아닐까요?"

자연으로부터 받은 체질이 라파치니의 과학 기술에 의해서 그처럼 철저히 바뀌어 버린 베아트리체에게는 독이 바로 생명이었듯이 그 독에 대한 강력한 해독제는 곧 죽음이었던 것이다. 그렇게 해서 인간의 교묘한 재주와 방해당한 인간의 본성과 그러한 모든 왜곡된 지혜의 노력에 따르는 치명적 운명의 불쌍한 희생자는 그녀의 아버지와 지오바니의 발아래서 죽어 간 것이었다. 바로 그 순간 피에트로 발리오니 교수가 창문에서 내려다보며 승리감과 공포감이 섞인 목소리로, 벼락을 맞은 듯 굳어 버린 과학자를 향하여 크게 외쳤다.

"라파치니! 라파치니! 이게 자네 실험의 결말인가?"

옮긴이
천승걸

서울대학교 영문학과와 같은 학교 대학원을 졸업했다. 미국 아이오와 대학교 대학원에서 미국학을 전공했다. 서울대학교 인문 대학 영문과 교수 및 예일 대학교 객원 교수와 아이오와 대학교 객원 교수를 역임했다. 현재 서울대학교 명예 교수로 있다. 저서로는 『미국 문학과 그 전통』, 『미국 흑인 문학과 그 전통』 등이 있고, 옮긴 책으로는 『프로스트의 명시』, 『현대 소설과 의식의 흐름』, 『너새니얼 호손 단편선』, 『한때 흑인이었던 남자의 자서전』 등이 있다.

미를 추구하는
예술가

1판 1쇄 펴냄 2016년 11월 25일
1판 3쇄 펴냄 2021년 1월 15일

지은이 너새니얼 호손
옮긴이 천승걸
발행인 박근섭, 박상준
펴낸곳 (주)민음사

출판등록 1966. 5. 19. 제16-490호
서울특별시 강남구 도산대로1길 62(신사동)
강남출판문화센터 5층 06027
대표전화 02-515-2000 팩시밀리 02-515-2007
www.minumsa.com

© 천승걸, 2016. Printed in Seoul, Korea

ISBN 978 89 374 2906 4 04800
ISBN 978 89 374 2900 2 (세트)

* 잘못 만들어진 책은 구입처에서 교환해 드립니다.